MW00762969

K.622

DU MÊME AUTEUR

DIT-IL, *1987*
K.622, *1989*
L'AIR, *1991*
DRING, *1992*
LES FLEURS, *1993*
BE-BOP, *1995* ("double", n° 18)
L'INCIDENT, *1996* ("double", n° 63)
LES ÉVADÉS, *1997* ("double", n° 65)
LA PASSION DE MARTIN FISSEL-BRANDT, *1998*
NUAGE ROUGE, *2000* ("double", n° 40)
UN SOIR AU CLUB, *2002* ("double", n° 29)
DERNIER AMOUR, *2004*
LES OUBLIÉS, *2007*
LILY ET BRAINE, *2010*

CHRISTIAN GAILLY

K.622

LES ÉDITIONS DE MINUIT

© 1989/2011 by Les Éditions de Minuit
www.leseditionsdeminuit.fr

ISBN 978-2-7073-2142-8

C'est en écrivant
qu'on devient écrivain,
écrit-il.

1

L'œuvre dont le chiffre apparaît sur la couverture est un concerto de Mozart, je sais que tout le monde le sait mais je le dis pour ceux qui peut-être ne le savent pas, et aussi pour ceux qui le savent, afin qu'ils sachent que je le sais aussi, et enfin afin que nous soyons tous là à savoir que nous le savons, ça commence bien.

Je l'ai entendu pour la première fois un soir d'hiver au fond de mon lit bien au chaud, pas malade rassurez-vous, la couette remontée jusqu'au menton, voilà bien à quoi tiennent les choses.

Je m'explique.

S'il n'avait pas fait si froid cet hiver-là je n'aurais pas entendu le concerto, s'il avait fait aussi chaud qu'en été, une nuit d'été où je me vois à moitié nu sur le drap trempé de ma propre sueur, je me serais levé pour éteindre la radio, je tombais de sommeil, si je peux dire qu'allongé je tombais de sommeil, disons que je sombrais ou étais tenté de sombrer dans quelque chose qui ressemble à la mort sereine, mais la mienne de mort ne sera pas sereine, bien que la découverte de cette nouvelle beauté m'ait donné une soudaine raison d'espérer une mort sereine.

À propos de mort le fait d'apprendre plus tard qu'il s'agissait de la dernière œuvre achevée par le compositeur me l'a rendue encore plus belle, comme c'est lâche de s'arrêter à de pareils détails.

Je ne me suis pas levé, j'ai écouté le concerto d'un bout à l'autre, je veux dire du début à la fin.

Le sommeil ce salaud cherchait à me gagner, la beauté réveille mais quand elle a affaire à une aussi grande fatigue, à une aussi grande lassitude, elle doit lutter, lutter.

J'ai bougé pour me défendre, pour aider la beauté, n'en rien perdre, j'ai changé de position, je me suis un peu redressé en tirant sur la couette, j'ai relevé la tête, puis l'oreiller sous ma tête, enfin j'ai appuyé ma tête contre cet oreiller.

J'étais dans le noir, ma seule clarté venait de la musique et du cadran vert qui me faisait face, j'écoutais en le regardant fixement, intensément je le fixais pour mieux entendre, sources lumineuses et sonores se confondaient, la lumineuse était sonore et la sonore lumineuse.

Tout seul je me disais dans le noir en écoutant :
Ce que c'est beau, ce que c'est beau, et j'étais
tellement ému et à la fois tellement honteux de
m'émouvoir ainsi que je me disais aussi : Ce que
tu peux être bête, mais c'était tellement beau qu'à
la fin je me laissais dire : Ce que c'est beau mon
dieu, ce que c'est beau.

En même temps j'étais très attentif et inquiet,
inquiet de tout retenir, comme si j'avais besoin
de retenir ce que j'entendais, comme si j'avais
peur de ne plus jamais entendre ce que j'entendais, j'avais raison d'avoir peur, je n'ai jamais plus
entendu ce que j'ai ce soir-là entendu.

À la fin de l'émission la dame de la radio nous
a rappelé ce que nous venions d'entendre, nous,
les auditeurs, soudain je n'étais plus seul, et,
chose que je ne fais jamais, je me suis levé pour
le noter : Wolfgang Amadeus Mozart, concerto
pour clarinette en La majeur, j'avais peur d'oublier.

En général quand je note les choses parce que
j'ai peur de les oublier je m'en souviens très bien
sans avoir recours à mes notes, la peur d'oublier
me force à me souvenir, m'empêche d'oublier,
me force à me souvenir que je les ai notées, m'empêche d'oublier ce que j'ai noté, peut-être est-
ce simplement le fait de les avoir notées qui me
fait m'en souvenir, j'oublie la plupart du temps
que je les ai notées, je n'ai même pas besoin de

m'en souvenir, heureusement parce que je me demande ce qui pourrait me le rappeler.

De même que je me demande si j'ai bien fait de noter les références, je me demande si je n'aurais pas mieux fait de me contenter du souvenir de mon émotion, la laisser mourir de sa belle mort.

Au lieu de ça je me suis mis en tête de retrouver l'enregistrement comme ceux qui prennent des photos de leurs souvenirs, avant de se souvenir, je veux dire pour se souvenir, revoir ce qu'ils ont vu alors que tout est perdu.

J'ai fait des photos pendant des années jusqu'au jour où je me suis rendu compte qu'elles me faisaient tout oublier, j'empêchais la mémoire de faire son travail, de faire son deuil des choses, je l'empêchais de fonctionner.

On ne retient pas le présent en excluant le présent et la photo c'est ça, ça retranche, ça fait des trous dans le monde, des trous de mort, alors que la peinture ajoute au monde son éternité, morceau par morceau.

J'aimerais bien renoncer, m'arrêter là, mais comme je ploie toujours sous l'absolue nécessité d'écrire, je continue, c'est décidé, je vais continuer, les voisins du dessus sont en train de s'engueuler, le soleil se lève et baigne la rue d'une lumière orangée, tout devient beau.

Cette beauté-là est trop simple, je ne dois pas m'en contenter.

L'accès, la voie d'accès, le chemin menant ou conduisant à la beauté, à une quantité toujours plus petite de beauté, passe par une quantité toujours plus grande de laideur, écrit-il.

Dès le lendemain je suis parti à la recherche du concerto, ce n'est pas vrai, en tout cas je me suis dit : Si je passe devant un disquaire, je regarde, à tout hasard j'ai regardé au supermarché en faisant mes courses, je n'ai rien vu, à part Les quatre saisons.

Je ne peux pas inventer, je refuse de me donner l'air de quelqu'un qui aurait écumé tous les disquaires de la place de Paris, ce n'est pas le cas, je n'en possède que trois versions.

J'ai quand même cherché, ça oui, mais comme je n'avais pas noté le nom des interprètes je pouvais toujours chercher, de toute façon si je l'avais trouvé je n'aurais pas retrouvé mon émotion, je me demande alors ce que j'ai cherché, pourquoi je l'ai cherché, ce que je cherche encore, là, écrivant.

J'essaie de rendre compte de ce qui m'est arrivé, tout en sachant qu'en essayant d'en rendre compte je ne retrouverai jamais les émotions qui ont accompagné ce qui m'est arrivé.

J'essaie quand même, peut-être pour ne pas tout perdre, les émotions et le reste, garder au moins le reste.

Dès que j'ai trouvé le premier disque, la pre-

mière version, comme celui qui reproduit la même mise en scène ou tente de reproduire avec la
même femme la même mise en scène pour retrouver le même plaisir qu'il ne retrouve jamais,
sa seule chance étant d'en découvrir inopinément
un autre, peut-être meilleur ou plus grand, ce qui
n'arrive jamais dans ces conditions, je suis allé
jusqu'à vouloir reproduire celles de ma première
écoute, l'heure, la nuit, le cadran vert, la position,
peine perdue.

Les conditions de l'émotion ne sont pas l'émotion, les conditions de l'émotion ne sont que le
décor de l'émotion, et s'il est possible, toujours
possible de reproduire le décor extérieur, le décor intérieur, lui, n'est pas reproductible, il change à vue, écrit-il.

Je me demande encore une fois pourquoi je
n'ai pas noté le nom des interprètes.

Je n'y ai pas pensé sur le coup, j'avais tellement
peur de tout oublier en cherchant à tout retenir
que je n'ai voulu noter que le titre et le compositeur, sans penser au disque, je n'y ai pas pensé
à ce moment-là, je l'avoue.

À ma décharge je dirai, j'adore parler à ma
décharge, que je n'ai pas attendu que la dame de
la radio donne le nom des interprètes, j'étais déjà
debout pour noter Mozart et le concerto, je n'ai
pas entendu le reste.

Il me vient seulement à l'esprit que je pouvais

14

également téléphoner à la radio et demander les références du disque passé tel jour à telle heure.

On peut toujours téléphoner à la radio, on peut toujours essayer, je l'ai fait un jour pour engueuler un producteur qui avait dit du mal d'un poète que j'aime bien.

On peut toujours dire du mal d'un poète, ça n'empêche pas ledit poète d'être un grand poète, mais ce monsieur l'avait fait avec un tel mépris dans la voix que je n'ai pas pu m'empêcher de téléphoner, ne serait-ce que pour lui montrer qu'il ne pouvait pas se permettre impunément de dire n'importe quoi sur n'importe qui sous prétexte qu'il est à l'antenne d'une chaîne culturelle où il règne en maître.

Finalement je ne l'ai pas eu au téléphone, j'ai eu une secrétaire, dont je m'aperçois soudain que le rôle est de taire les secrets, mais elle m'a promis de transmettre mon message, ma protestation, enfin c'est ce qu'elle a dit.

Qu'est-ce que je disais ?

Oui, je ne possède que trois versions de l'œuvre.

Comme si je ne connaissais pas la suite je me relis et je me demande si ce que je lis m'intéresse, si j'ai envie de connaître la suite.

Ai-je envie de connaître la suite ?

Dans les mauvais jours et ils sont légion je ne me réponds même pas, mais dans les bons jours, quand un seul bon jour réussit à s'infiltrer dans les lignes ou les rangs des mauvais jours, je me réponds : Ma foi, pourquoi pas ?

Ma foi, mauvaise foi, je suis de mauvaise foi et le jeu que je joue est stupide et dangereux, je connais la suite, bien sûr, la fin, le début même, j'ai un plan, c'est la première fois que ça m'arrive, d'avoir un plan, mais je suis incapable de l'exécuter, de commencer vraiment, parce que commencer vraiment ce serait finir vraiment et je ne veux pas finir, pas maintenant, pour une fois que j'ai un plan, j'aime me contredire.

J'essaie encore de me saborder en égrenant ce beau chapelet d'idées préliminaires, priant le ciel de me lasser, de me laisser en plan, découragé, désespéré, je ne vais pas me laisser faire, pas cette fois, je n'ai plus de temps à perdre, j'en ai trop perdu à pleurnicher, je vais réagir.

Il faudra y mettre de l'ordre, classer tout ça, éliminer toute remarque étrangère au récit, seulement je crois qu'aucune remarque n'est étrangère au récit, d'une part, elles sont la terre de mon récit, la terre qui le nourrit, sans elles je crève, c'est l'asphyxie, et comme d'autre part je souhaite tout partager avec le lecteur, dont je suppose qu'il partage ma répugnance pour les récits nickel au passé simple, je ne vais rien changer, je vais livrer le tout tel quel.

Je ne possède que trois versions de l'œuvre.

La seconde on m'en a fait cadeau, un ami.

Tiens, me dit-il un jour en arrivant comme une fleur, comme s'il m'offrait des fleurs, comme si j'étais sa femme, j'en étais pas loin, je t'ai apporté un très bel enregistrement de ton concerto adoré, mon concerto, tu parles, ce n'est pas mon concerto, encore qu'à la longue, à force de l'écouter, je finis par croire que c'est le mien, ça te changera du tien, me dit-il.

Puis il se fend d'une métaphore intelligente : Après tout c'est comme une femme, tu crois être parfaitement heureux avec telle une, jusqu'au jour où tu t'aperçois que tu l'es davantage avec telle autre, si toutefois tu t'en aperçois, à supposer que, si tant est qu'un jour tu t'en rendes compte, me dit-il, je n'ai rien compris.

Sa version ne m'a pas plu, je l'ai trouvée mièvre, en tous cas dépourvue d'éclat, d'esprit, mais peut-être est-ce parce que je n'ai pas aimé du tout sa façon de me l'offrir comme un remède, cette façon de vouloir me guérir de ma passion exclusive pour cette œuvre, qui l'excluait lui également, sans doute en était-il jaloux, d'elle, de moi, de notre liaison, trouble et claire, du couple uni que nous formions, il fallait qu'il s'en mêle, je me demande ce qu'il est devenu.

Personne ne me guide dans mes choix esthétiques, musicaux ou autres, aussi vais-je au hasard, et parfois le temps décide, le temps qu'il fait.

Ce dimanche-là j'avais envie de marcher dans Paris en dépit de la pluie et du vent froid, la pluie tombait, le vent soufflait, l'une et l'autre assez fort.

Passablement déprimé je déambulais dans le Quartier latin, désert de mon adolescence, où lentement se trempaient comme moi de rares promeneurs, des étrangers, des flâneurs désœuvrés.

Sous mon parapluie qui se creusait comme une voile noire et menaçait de se rompre comme le mât de mon esquif qui est l'image de ma fragilité, je descendais le boulevard Saint-Michel, ne regardant que très peu devant moi cette large pente sombre et tourmentée, rehaussée de grands arbres.

C'est parce que la pluie redoublait de violence que je suis entré chez ce disquaire ouvert le dimanche, surtout pour m'abriter mais aussi pour jeter un coup d'œil sur les disques.

L'odeur de chien mouillé, de vêtements et de cheveux mouillés, les cheveux brillants des garçons un peu louches qui stationnent devant les bacs comme sans raison, et la musique de rock vous défonce le crâne.

C'est là que j'ai trouvé cette troisième et magnifique version du concerto qui a grandement réveillé mon émotion.

Je ne dirais pas qu'elle m'a entièrement restitué mon émotion première, l'impossible restitution d'un état premier, n'en parlons pas, ça n'existe pas, on ne se réveille jamais tout à fait le même, l'émotion par conséquent ne pouvait être exactement la même, mais elle a ranimé ma passion pour cette œuvre, passion qui je dois dire se mourait lentement.

C'est un peu ce qui m'arrive en ce moment, en quelque sorte, je l'écoute sans arrêt pour me soutenir dans mon projet mais je sens que la foi m'abandonne, l'espoir, le courage, la force de continuer.

Allons, que diable, du nerf, du cœur, pour la première fois l'entreprise est honnête.

La première version j'ai déjà dit où et comment je me la suis procurée, enfin je crois, je ne sais plus, il faudrait que je me relise, ça ne me réussit pas, tant pis, je recommence.

C'était le lendemain de ma première écoute à la radio, chez un marchand de l'avenue d'Italie, qui a maintenant disparu, remplacé par je ne sais quoi, il m'arrive de passer devant sans faire attention, je regarde sans me demander ce que c'est, je ne veux pas le savoir.

Déjà à cette époque le commerce ne marchait pas très fort, il y a d'ailleurs un de mes anciens amis qui habitait par là, ça n'a aucun rapport mais j'y pense tout à coup, quelques maisons plus loin, une fille aussi que j'ai beaucoup aimée dans le temps, derrière, tout près, pas très loin, au coin de la rue de Tolbiac et de l'avenue de Choisy, elle a épousé un coiffeur, un Italien qui l'a emmenée en Italie.

Il y a quelques années je suis retourné voir son immeuble, pas le sien, la pauvre, l'immeuble où elle habitait, où je la raccompagnais souvent le soir, devant la porte où nous restions longtemps à nous caresser, ma première maîtresse, je ne savais rien faire, elle m'a tout appris et comme j'y prenais goût trop jalousement elle m'a laissé tomber.

Un petit pèlerinage ridicule, ça me tentait depuis des années, je n'osais pas y aller, j'avais peur, j'avais tort, je n'ai pas retrouvé grand-chose, en plein jour, ma dernière image était une image de nuit, rien à voir avec le soleil qu'il faisait ce jour-là, je n'ai rien ressenti, enfin si, un léger pincement après des efforts pour me remettre dans l'ambiance amoureuse de l'époque, je suis reparti plus triste qu'en venant, c'est la vie.

Une petite boutique mal éclairée à la vitrine peu attrayante, on ne cherchait pas à vendre ou si peu, je me suis demandé pourquoi cette femme faisait ce métier pendant que j'écoutais le concerto avec elle.

Je me suis posé la même question un jour avec une putain mais c'est une autre histoire, elle ne voulait pas le faire comme je voulais, j'étais crevé, trop crevé pour insister, je n'ai pas pu le faire comme elle voulait.

J'avais tourné en rond dans le quartier pendant deux heures sous la pluie, je n'arrivais pas à me décider, je m'étais finalement décidé pour elle, elle paraissait comme moi complètement paumée, mais elle ne voulait pas le faire comme je voulais, une fois là-haut elle n'a jamais voulu.

Alors je lui ai demandé pourquoi elle faisait ce métier : Pourquoi faites-vous ce métier alors ?

Aussitôt ma question m'a fait honte, la pauvre fille me regardait, elle paraissait si fatiguée, épuisée, malheureuse, désespérée.

J'avais voulu me venger d'elle, lui faire payer ma défaillance, mon impuissance du moment, mais j'aurais sûrement pu si elle avait voulu comme je voulais.

Quelle misère quand je repense à nous deux, elle et moi dans cette chambre minuscule, puant la crasse humide et chaude, elle qui essayait de me faire bander pour me mettre la capote, moi qui essayais de l'aider en m'excitant sur elle, c'était d'une tristesse à pleurer, absolument terrible, une sinistre lassitude, sans fond, sans fin, sans issue, je n'ai pas pu, je me demande ce qu'elle est devenue.

Elle m'avait proposé de l'écouter et j'avais accepté tout étonné moi-même, jamais je n'avais écouté un disque avant de l'acheter, de peur sans doute d'avoir à donner mon avis, de devoir juger quelque chose que je suis incapable de juger, faire semblant d'avoir une opinion, une écoute critique, ce qui a le don de me rendre sourd, de peur enfin et surtout qu'on pense de moi que je n'ose pas dire non, que j'aie l'air de dire oui, je le prends, alors que je pense non, pourtant là j'avais accepté de l'écouter, et pas dans une cabine, dans la boutique, avec elle.

Le plus drôle c'est qu'elle et moi nous l'avons écouté jusqu'au bout dans le magasin sombre, peu éclairé par la petite vitrine, la lumière n'était pas allumée malgré le temps gris, il n'y avait personne.

Elle n'avait rien d'autre à faire alors elle l'a écouté avec moi jusqu'au bout au fond d'une boutique assez vaste, plus vaste que la vitrine ne le laissait penser, la vitrine n'était que le goulot d'un flacon qui s'évase et, en entrant, j'ai été surpris de découvrir des dizaines de rayons pleins de disques.

La lourde porte en se fermant avait bien étouffé les bruits, on n'entendait pas du tout la rue, l'acoustique était excellente, l'ambiance ou l'atmosphère, odeur et lumière réunies, comparable à celle d'une vieille librairie.

C'était un vrai, vrai, grand plaisir que d'écouter tout du long cette beauté en regardant le monde s'agiter dehors.

Elle-même, dans la pénombre parcourue de volupté sonore, considérait la rue, le regard dans le vague, accoudée à la caisse, le menton dans la paume de la main, je ne craignais qu'une chose, qu'un client n'entre, ne vienne nous déranger.

J'étais entré en portant ma peur habituelle, chez elle, qui m'a si bien accueilli, son visage trahissait un tel ennui, j'ai bien fait d'entrer, me suis-je dit, je suis le bienvenu, certainement.

Ainsi j'ai d'abord eu peur de la déranger puis très vite j'ai pensé qu'elle était contente de me voir, en tout cas d'avoir de la visite.

J'étais embarrassé, je me suis comme d'habitude embarrassé de formules après lui avoir dit bonjour madame, excusez-moi de vous déranger : J'aimerais, je voudrais, s'il vous plaît, elle me regardait d'un air hagard, j'aimerais savoir, si vous avez, si par hasard, avez-vous, auriez-vous, se pourrait-il que vous ayez, peut-être connaissez-vous, un concerto, parmi les concertos de Mozart, celui que je cherche est pour clarinette, celui que je veux est en La majeur, de Mozart, vous connaissez ?

Il n'y en a qu'un, dit-elle, je l'ai.

Rentré chez moi je me rappelle, c'était un samedi après-midi vers six heures, il faisait un temps triste comme aujourd'hui, mais le temps n'est pas triste, il ne peut pas être triste le temps, le temps ne fait pas de sentiment, il n'a pas d'âme,

23

pas plus que les nègres et les femmes, il change, il passe, repasse, au moins ai-je le sentiment qu'en changeant il ne fait que repasser, parce que l'année dernière à la même époque il faisait exactement le même temps.

Mais moi je ne suis plus le même, c'est moi qui change et passe, qui ai le sentiment de changer et passer devant le temps qui lui ne change ni ne passe, c'est même plus qu'un sentiment, je change, je passe, je ne fais que passer, écrit-il, ne vous dérangez pas.

Rentré chez moi je l'ai écouté et réécouté, je ne retrouvais pas l'impression laissée la première nuit par la radio, non seulement je ne la retrouvais pas, et bien sûr plus j'écoutais moins je la retrouvais, mais je n'ai même pas retrouvé l'émotion partagée avec la dame dans le magasin.

Rien ne sera jamais plus pareil, tout est perdu, écrit-il.

Quand le concerto fut terminé elle rangea soigneusement le disque dans sa pochette et glissa le tout dans un sac de papier qu'elle me tendit.

C'est très beau, dis-je, différent de ce que j'ai entendu hier soir mais très beau. N'est-ce pas ? dit-elle, puis : Je vais en commander un autre pour moi. Vous ne le connaissiez pas ? lui dis-je. Oh si, dit-elle, je l'ai chez moi, mais pas dans cette version.

Aussitôt j'ai pensé qu'il s'agissait peut-être de

celle que j'avais entendue à la radio, je lui ai demandé laquelle était chez elle, elle me l'a dit mais ce qu'elle m'a dit ne m'a rien dit, décidément je ne m'en souvenais pas, j'espérais que peut-être mais non, alors j'ai dit : Bon, au revoir madame et merci, je suis parti.

Elle n'a pas voulu que je paye, c'est la vérité.

Puis, un jour, c'est là où je veux en venir, j'ai entendu à la radio que le concerto allait être joué à Paris, j'ai décidé d'y aller.

Avant d'aller plus loin je vous préviens, ce qui va suivre est une épreuve, un supplice lent, extrêmement pénible, mais ne vous plaignez pas, moi j'ai déjà fait le chemin une fois, tout le chemin, et je recommence pour vous faire plaisir.

2

Je n'ai rien à me mettre, se dit-il, il me faut un costume pour aller au concert, et des chaussures pour aller avec le costume, tant qu'à faire, et une chemise pour aller avec le costume et les chaussures, bien sûr, et un nœud papillon pour aller avec la chemise et le costume et les chaussures.

Une chance que ce soit l'été, l'hiver il m'aurait fallu en plus un pardessus, mon vieux duffle-coat est bien assez bon pour traîner dans mon quartier mais pour le concert, non, mais peu importe puisque ce n'est pas l'hiver mais l'été, se dit-il.

D'abord le costume, ensuite les chaussures.

Il lui paraît naturel, normal, de s'inquiéter du costume d'abord et des chaussures ensuite, c'est-à-dire qu'il se voit, je pense, ou conçoit un homme avec un costume neuf et des vieilles chaussures mais pas du tout l'inverse, qui est un homme portant des chaussures neuves et un vieux costume, j'allais dire sous, j'aurais dû.

Le costume d'abord, les chaussures ensuite.

En allant chercher le costume il passe devant le chausseur, qui d'ailleurs est une chausseuse, si ça se dit, avise une belle paire un peu chère, et même plus qu'un peu chère, très chère.

Il la regarde et se demande si elle irait avec le costume, qu'il n'a pas encore choisi mais dont il a tout de même une vague idée, il a réfléchi toute la soirée d'hier.

Il la regarde et il se dit : Pour peu que ces chaussures soient plus chères que le costume et n'aillent pas avec j'aurais l'air malin, il vaudrait mieux choisir le costume d'abord.

Je ne comprends pas son raisonnement, je suppose que pour lui il est naturel, normal, de choisir un costume plus cher que les chaussures qui vont avec le costume, plutôt que l'inverse qui est de choisir des chaussures plus chères qu'un costume qui ne va pas avec les chaussures mais je dois me tromper, c'est de toute évidence plus compliqué, je le soupçonne d'être un refoulé.

Il faut d'abord choisir ce qui normalement coûte le plus cher, se dit-il, et les chaussures sont normalement moins chères que les costumes, mais ça dépend des costumes, ça dépend aussi des chaussures, certaines chaussures sont plus chères que certains costumes.

Les chaussures lui plaisent bien, la caissière aussi, une vraie rousse, avec des yeux verts qui sont la garantie de son authenticité de rousse, bien qu'il pourrait s'agir d'une brune aux yeux verts qui s'est fait teindre en rousse, ça arrive, mais elle a aussi des taches de rousseur sur les joues, la marque de fabrique des vraies rousses, mais comme il se demande si certaines brunes elles aussi n'ont pas parfois des taches de rousseur sur les joues, peut-être de fausses brunes, ou de fausses taches, il n'ose pas penser que la caissière est une vraie rousse avec tout à l'avenant, ça le déçoit.

Les chaussures lui plaisent bien mais n'est-il pas influencé par la beauté de la caissière ? parce que, tout de même, elle n'est pas là par hasard, on ne met pas une belle rousse à la caisse pour rien.

En tout cas j'espère, se dit-il, que le costume ne sera pas trop cher parce que, s'il est normalement plus cher que les chaussures, qui déjà sont très chères, je n'aurai pas assez.

Il est pauvre, on l'a compris, il est né pauvre et l'est resté, c'est son mérite, il peut encore juger de la richesse mais personne ne lui demande d'en juger.

Il hésite, réfléchit encore, recommence : Les

chaussures sont vraiment très chic, se dit-il, mais le costume qui va avec, ira avec, peut-être, sera normalement plus cher, forcément plus cher, donc, si je les prends maintenant, je n'aurai pas assez pour payer le costume, je devrai changer de chaussures, les rapporter, demander qu'on me les change, et il faudra que je trouve une autre paire moins chère, qui aille quand même avec le costume, que je n'ai pas encore choisi mais dont j'ai déjà une vague idée, pour le concert, alors non, je ne prendrai les chaussures que lorsque j'aurai choisi le costume, pas avant.

Après de multiples complications du même ordre, mais comment pourrait-il en être autrement de la part d'un homme dont le doute naturel, normal, salutaire, est malade ? je me le demande.

Après de multiples complications du même ordre pour choisir le costume, une chemise pour aller avec le costume et un nœud papillon pour aller avec la chemise et le costume, le tout devant aller pour le concert où il désire se rendre, bien que je commence à en douter vu le tour tragique que prennent les choses, il revient avec le costume qu'il a choisi pour acheter les chaussures, enfin non, il ne l'a pas choisi pour acheter les chaussures, il l'a choisi en fonction des chaussures et il revient avec le costume pour acheter les chaussures qu'il a choisies.

(ça va ? pas trop déprimé ?)

Il arrive devant la chausseuse, si ça se dit, s'arrête devant la vitrine, tire du sac une manche du costume dans le dessein de confronter la couleur du tissu avec celle du cuir de la chaussure.

La paire n'y est plus.

Il entre et se renseigne, elle vient d'être vendue, il se renseigne encore, c'était la seule, la dernière.

C'était quelle pointure ? s'informe-t-il, pas la sienne, il n'a donc pas de regrets et cherche une autre paire, il a quand même des regrets mais s'efforce de ne pas en avoir en se disant : De toute façon ce n'était pas ma pointure et elle était trop chère, il cherche une autre paire.

Il en trouve une qui lui plaît bien, moins chère que l'autre mais qui ne va pas avec le costume, il la prend cependant avec une idée derrière la tête, il va pouvoir avec la différence de prix changer le costume pour un autre qui lui plaisait davantage mais qui était trop cher, tout s'arrange.

Il retourne au magasin de vêtements pour hommes avec maintenant deux sacs, l'un contenant le costume et l'autre les chaussures qui ne vont pas avec le costume, enfin non, c'est le costume qui ne va plus avec les chaussures, les autres chaussures allaient, elles.

Il espère ne pas rencontrer trop tôt le regard de la vendeuse, le rencontre très tôt, le magasin

31

est vide à cette heure et la vendeuse n'a rien à faire, et le regard de la vendeuse semble lui dire : Quelque chose ne va pas ? dit la vendeuse qui pensait : Revoilà cet emmerdeur.

Si si tout va bien, dit-il, mais j'ai réfléchi et j'aimerais si c'est possible changer mon costume contre l'autre là-bas qui me plaît davantage et irait mieux pour le concert, je trouve, si c'est possible, et il ajoute : C'est pour aller au concert.

Bien sûr, dit la vendeuse, mais si c'est celui que je crois, il est un peu plus cher. Je sais, dit-il, mais comme j'ai acheté ces chaussures-là, il lui montre les chaussures, moins chères que celles que je voulais qui n'y étaient plus, j'ai je crois de quoi payer le supplément.

De combien au fait le supplément ? s'inquiè-te-t-il soudain, mais plutôt feint-il de s'en inquié-ter puisqu'il le sait, mais ça a pu baisser depuis. Deux cents francs, dit la vendeuse, si c'est celui que je crois, elle en est sûre, elle l'a vu tout à l'heure stationner longuement devant celui qu'elle croit comme devant une icône.

Ah quand même, dit-il, c'est une somme, puis : Écoutez je vais réfléchir et regarder les autres costumes en réfléchissant, je réfléchirai en regar-dant. C'est ça, dit la vendeuse qui meurt de faim, elle en met un temps pour déjeuner, sa collègue.

Au lieu d'aller voir directement le costume qui lui plaît davantage il se retient, fait durer le plaisir, louvoie, musarde dans les allées, flâne entre les cintres.

Il passe devant une pile de chemises dont une blanche et se demande si une chemise blanche n'irait pas mieux pour le concert, sort l'autre chemise du sac et compare les couleurs, les matières.

L'autre chemise est blanche à rayures beiges inégales mais régulières, une large, une étroite, une large, les larges dominent, elle paraît presque beige et le nœud papillon rouge va très bien avec.

La blanche irait mieux pour le concert, se dit-il.

Il regarde les deux chemises.

Si je change de chemise, se dit-il, tout haut, parlant tout seul, il faut que je change de nœud, encore que non, ça pourrait aller, avec le blanc tout va.

Il prend un nœud vert dans la corbeille à côté de la pile de chemises, placée là exprès, c'est bien pratique, y jette le nœud rouge, remplace la chemise rayée beige à minces rayures rouges très espacées, il y a aussi des rayures rouges quand on regarde de plus près, mais si discrètes, si espacées, on les voit à peine, mais quand on les a vues on se rend compte du rôle qu'elles jouent dans la masse des couleurs, un rôle d'équilibre séparateur.

On a souvent besoin d'équilibre et de séparation, écrit-il, de séparation dans l'équilibre et d'équilibre dans la séparation, pour un théorème du divorce.

Il la remplace, cette belle chemise, par la blanche qu'il met dans son sac avec le nœud vert et se dirige vers le costume qui lui plaît davantage.

Il irait mieux pour le concert, se dit-il en approchant, et le nœud va très bien avec, puis il fredonne les premières mesures du premier mouvement : Ti, ta, tatititatata.

Il cesse de chanter, s'immobilise devant le costume et le regarde : Il faudrait l'essayer, se dit-il.

Il n'a même pas essayé l'autre, il n'essaie jamais les vêtements qu'il achète, il a horreur d'essayer les vêtements, c'est très rare qu'il achète des vêtements mais quand ça lui arrive c'est toujours au petit bonheur, parfois il a la chance que ça lui aille mais là, c'est sérieux, c'est pour le concert, se dit-il.

Il se retourne pour dire à la vendeuse qu'il voudrait l'essayer, il y a bien là une vendeuse mais ce n'est pas la même, il ne reconnaît pas la vendeuse, elle est partie déjeuner.

Il est venu à l'heure du déjeuner pour éviter la foule, en semaine, on est tranquille.

L'autre vendeuse l'interroge du regard juste au-dessus des cintres, elle est plus petite que sa collègue, elle est brune et ronde, il la verra en pied quand elle sortira des cintres, pour l'instant

34

il voit qu'elle est brune mais ne voit pas encore qu'elle est ronde sous un corsage blanc transparent et une jupe serrée noire, les yeux bleus, un collier de fausses perles, la seule chose avec les chaussures qu'il aimerait lui voir garder si c'était possible, s'il était possible qu'elle se déshabille pour lui, pour lui faire plaisir, et aussi les bas et ce qui soutient les bas, songe-t-il en la voyant marcher, il y pense avec pudeur, sans oser nommer la pièce, prononcer mentalement ce mot-là qui l'affole.

Elle approche en se déhanchant exactement comme il aime que les femmes se déhanchent.

Je voudrais essayer celui-ci, dit-il, passant deux doigts sous le revers.

La vendeuse regarde le sac qui est un sac de la maison.

Je voudrais, dit-il, échanger ce costume-là, il montre le sac, contre ce costume-ci, il montre le costume pendu au cintre, qui me plaît davantage et irait mieux pour le concert, si c'est possible, et il ajoute : C'est pour un concert.

Je vais voir à la caisse, dit la vendeuse.

Elle s'éloigne entre les cintres, se rend à la caisse, parlemente avec le caissier et revient en regardant ailleurs.

Le caissier lui a dit : Oui, pourquoi pas, mais ça m'embête, ça va me faire des complications dans ma caisse, dites-lui non. Mais, dit la vendeuse. Il n'y a pas de mais, dit le caissier, j'ai dit non.

On n'échange pas, dit la vendeuse.

Mais, dit-il, je l'ai acheté il y a une demi-heure, je ne l'ai même pas essayé, l'autre vendeuse pourrait vous le dire, où elle est l'autre vendeuse, une grande blonde très maigre aux yeux noirs avec un pull noir et une jupe blanche vague ?

Ja-nine, dit la vendeuse, elle est partie déjeuner.

Ah alors vous voyez, dit-il, et quand je dis une demi-heure, même pas, le temps d'aller acheter pour aller avec le costume, il montre le sac, les chaussures que j'avais repérées en passant avant de venir ici et de m'apercevoir qu'elles n'y étaient plus, j'ai d'ailleurs cru que je m'étais trompé de magasin, mais non, c'était bien le magasin, c'était le bon, j'ai reconnu la caissière, une belle rousse aux yeux verts, vraie ou fausse, enfin bref, le temps de choisir une autre paire, qui me plaisait bien mais n'allait pas du tout avec ce costume-ci, il montre le sac, que j'avais choisi avec Janine, vous m'avez bien dit qu'elle s'appelait Janine, mais qui irait mieux avec ce costume-là, il montre le costume pendu au cintre, qui me plaît davantage et irait mieux pour le concert, je trouve, un peu plus cher, je sais, mais comme les chaussures que j'ai prises finalement sont moins chères que celles que je voulais, je peux payer la différence, je peux l'essayer ?

La vendeuse a l'air de quelqu'une se disant qu'avec le pouvoir qui lui manque elle n'hésiterait pas à trancher dans un sens ou dans l'autre.

Allez, Janine, dit-il, soyez gentille.

Je m'appelle pas Janine, dit Lucienne, je m'appelle Lucienne.

Allez, Lucienne, dit-il, soyez gentille.

Je vais voir à la caisse, dit Lucienne.

Elle s'éloigne entre les cintres, se rend à la caisse, parlemente avec le caissier et revient en regardant ailleurs, ce qui permet de la regarder marcher, elle se déhanche.

C'est d'accord, dit-elle, on va faire l'échange.

Vous pouvez me tenir le sac pendant que j'essaye ? dit-il, non, pas celui-là, je garde les chaussures, je vais les essayer avec le costume.

La vendeuse prend le sac contenant l'autre costume, pudiquement s'éloigne et lui se remet à chantonner les premières mesures du second mouvement : Ta, ti, tititata.

Il décroche le costume du tourniquet, cesse un instant de chantonner pour se dire qu'il aurait aimé que Lucienne le suive dans la cabine, et l'espace de quelques secondes il imagine les postures les plus audacieuses, puis se dirige vers la cabine, entre et tire le rideau qui ne ferme qu'aux deux tiers, aussi bien en largeur qu'en hauteur.

Il essaie de le fermer davantage, n'y arrive pas, essaie encore, renonce, accroche le costume au portemanteau, se fait peur en se voyant dans la glace et commence à se dévêtir, la cabine est exiguë, d'autant plus qu'il s'efforce de rester caché derrière le rideau.

Verticalement on voit ses pieds et ses jambes nues jusqu'aux genoux, il transpire beaucoup, trois énormes lampes logées dans le faux plafond très bas lui cuisent le crâne qui ruisselle.

Il ne sait pas où mettre ses affaires, le portemanteau est occupé par le costume, il les pose sur le petit tabouret rond dont le diamètre équivaut à peu près à celui d'un 45 tours, le tabouret où il aurait aimé avec Lucienne, si cela avait été possible se tenir assis, jambes écartées, non, serrées, surtout ne pas répéter la même erreur qu'il y a trente ans avec la fille de la rue de Tolbiac, c'est elle qui avait dû lui dire qu'il ne fallait pas écarter les jambes, qu'il devait au contraire les serrer, que c'était à elle d'écarter les jambes, et à bout de patience elle avait fini par le masturber pour éviter qu'il ne soit malade, donc jambes serrées, diablement érigé, et elle, Lucienne, jupe retroussée, poitrine nue jaillissant aux balcons dès l'ouverture précipitée à faire sauter les boutons du corsage transparent et venant s'asseoir, elle, Lucienne, face à lui, sur ses genoux à lui pour l'embrasser, le caresser, le branler, le sucer et le foutre à la fin du compte et vlan, fallait que ça sorte.

Le rideau s'ouvre brusquement : Alors ? dit Janine qui est rentrée de déjeuner.

Une seconde ! hurle-t-il encore à moitié nu, puis de rage il lui saisit le bras et l'attire avec force contre lui à l'intérieur de la cabine, la grande blonde pousse un cri bizarre, entre stupeur et terreur, il la laisse ressortir et referme le rideau.

Hors de lui derrière le rideau il entend la voix de Lucienne qui vient aux nouvelles et celle de Janine.

Qu'est-ce qui se passe ? demande Lucienne. Rien, rien, répond Janine. Lucienne insiste, curieuse et chuchotante de convoitise mais Janine ne cède pas.

Visiblement encore en chaussettes et en chemise on le voit par le bas enfiler le pantalon, puis on devine qu'il passe la veste aux tremblements du rideau qui même remue, bel exemple d'amphibologie, je veux dire qu'on le devine parce que le rideau tremble et même remue, on ne passe pas la veste aux tremblements d'un rideau, même s'il remue.

Le rideau s'ouvre, il apparaît dans le costume neuf, les cheveux trempés, rouge comme un coq.

Tournez-vous, dit Janine, que je regarde.

Il se tourne : Je trouve que la veste est un peu, enfin, je ne sais pas, dit-il. Le pantalon accordéonne sur les pieds : Mettez vos chaussures que je me rende compte, dit Janine. Il retrousse le pantalon et va mettre ses chaussures, il marche vers la cabine en remontant les jambes du pantalon comme une dame le ferait de sa robe pour éviter de la mouiller en descendant sur la chaussée trempée de pluie, une large flaque borde le caniveau.

Il met les vieilles chaussures, elles lui paraissent singulièrement sales et usagées comparées au costume neuf, mais elles vont encore très bien avec mon vieux pantalon qui lui aussi est sale et usagé, se dit-il.

Il ressort de la cabine avec aux pieds ses vieilles chaussures couvertes par le pantalon qui bandonéonne.

Lucienne le regarde, approche, puis elle tombe à ses pieds, retrousse le bas de pantalon et prépare l'ourlet avec des aiguilles qu'elle sort d'on ne sait où comme une fée.

C'est très calme, dit-elle, je vais vous le faire.

Alors qu'il se tenait droit et regardait devant lui pour ne pas la gêner dans son travail, il baisse soudain les yeux et son regard involontaire comme une pierre philosophale tombe dans le décolleté du corsage transparent qui bâille : Si je vous avais attirée avec moi dans la cabine, dit-il, qu'auriez-vous fait ? Je me serais laissée aller, dit Lucienne, mais vous ne l'avez pas fait, alors taisez-vous donc.

Elle se relève, recule, le regarde, elle est magnifique, très désirable, et lui a l'air d'un plouc habillé pour un mariage ou une communion.

Bon, conclut-elle d'un soupir long qui gonfle le corsage, vous me le donnez, ce pantalon ?

Il retourne dans la cabine avec ses aiguilles dans le cœur, quitte les vêtements neufs et repasse les vieux qui maintenant lui paraissent très sales et très usagés, un instant on a pu voir ou revoir ses chaussettes et ses jambes nues jusqu'aux genoux, il transpire beaucoup.

Le rideau s'ouvre et il reparaît dans ses vieux vêtements, comme il était avant, comme il a toujours été, sale et usagé, enfin non, il n'a pas toujours été usagé, il s'est usé à l'usage, mais sale si, toujours, il a toujours été sale, ça contamine les vêtements, qu'il garde sales, il porte des vêtements sales pour se sentir d'accord avec sa saleté, physique et morale, ne pas l'oublier dans des vêtements propres.

Il s'avance, le costume neuf sur le bras : La veste me serre un peu, là, aux aisselles, dit-il. Elle vous va très bien, dit Lucienne. Le pantalon est un peu large d'ici, dit-il. Lucienne fait semblant de réfléchir, elle le regarde la bouche pincée et le sourcil bas, et lui se dit qu'il a peut-être raison sur ce point, erreur : C'est la mode en ce moment, dit Lucienne, le pantalon se porte vague, vous me le donnez ?

Elle tend la main pour prendre le costume, il

41

le donne, puis le reprend, elle le regarde, lui aussi la regarde, il a des yeux de merlan frit et il lui dit : Vous portez des bas ou un collant ? Fichez-moi la paix, dit-elle. Dites-moi juste ça, dit-il. Des bas, répond-elle. Ah, quel dommage, dit-il, la voyant encore accroupie à ses pieds.

Elle lui prend le costume des mains et, se dé-hanchant de plus belle, se dirige vers l'atelier de couture, j'en ai pour cinq minutes, lui a-t-elle dit, vous avez bien cinq minutes.

Pendant dix minutes il se promène entre les cintres, rencontre trois fois la vendeuse Janine qui l'apercevant l'évite et disparaît derrière les vêtements, on ne voit plus que sa grande tête blonde dépasser comme celle d'un trotteur qui se déplace lentement le long d'une haie dans un pré en Vendée au mois d'avril.

Ou en Bretagne en mai.

De temps en temps il jette un coup d'œil au caissier et pense à son sac déposé à la caisse par Lucienne, ou Janine, avoue ne plus savoir la-quelle est laquelle, il reconnaît celle qu'il désire mais il confond les noms, le sac contenant l'autre costume, la chemise blanche et le nœud papil-lon vert, il pense aussi au supplément, mais plus du tout aux chaussures.

Au bout d'un quart d'heure Lucienne revient avec le costume, le lui tend : Avec mes remercie-ments, dit-elle. Il la regarde : Vos remerciements pour quoi ? dit-il. Eh bien, dit-elle, pour avoir choisi chez nous ce beau costume. On dirait que ça va dans votre poche, dit-il. Elle ne répond pas et s'éloigne, le précède jusqu'à la caisse et rappelle au caissier que seule la différence reste à payer.

Le caissier sort du sac le premier costume, la chemise blanche et le nœud vert, écarte ou repousse le tout, approche le nouveau, l'ouvre, cherche le prix, regarde à l'intérieur, le trouve pendu à la manche, tape la somme, puis la chemise, puis le nœud, total.

Je n'ai pas mon compte, dit le caissier après avoir calculé la différence. Les vendeuses se regardent, lui regarde le caissier qui le regarde, puis les vendeuses, qui se regardent puis le regardent lui, le caissier réfléchit : Qu'est-ce que c'est que ce micmac ? dit-il.

Le caissier fouille dans l'autre sac, le sac, il n'y en a qu'un, je ne sais pas pourquoi je dis l'autre sac, sans doute parce que j'ai peur de me tromper, ou alors c'est la fatigue, oui, c'est plutôt la fatigue, je suis crevé, et quand je suis crevé j'imagine que tout le monde m'a laissé tomber, que je continue tout seul comme un con à raconter ma petite histoire, et trouve l'autre ticket, c'est reparti, ça repart, le caissier fouille dans le sac et trouve l'autre ticket, le premier, le relit, recompte, compare les prix : La chemise et le nœud, dit-il, ça ne correspond pas, je ne comprends pas.

Les vendeuses se regardent. Non, elles ne comprennent pas.

Lui réagit enfin et dit au caissier : Mais oui, que je suis bête, j'avais oublié, je suis vraiment désolé, j'ai remplacé le nœud rouge par un vert et la chemise rayée beige par une blanche qui va mieux avec le costume, pour le concert, ce costume-là, il montre le costume et il montre la chemise, puis le nœud, vous ne trouvez pas ? mais j'affirme que j'ignorais que la chemise blanche et le nœud vert étaient plus chers, d'abord comment se fait-il qu'une chemise blanche soit plus chère qu'une rayée ? et pourquoi le nœud vert est plus cher que le rouge ? vous pouvez me le dire ?

Le caissier regarde les vendeuses d'un air qui en dit long, encore un bel exemple d'amphibologie, je voulais dire avec un air, les vendeuses ne sont pas celles de l'air, comme les hôtesses, pas plus qu'elles ne vendent l'air, même s'il en dit long.

Lui on va encore le prendre pour un voleur, l'accuser d'une tentative de vol, il se sent mal et l'espace d'un instant revoit l'épisode du supermarché, le saumon fumé, la bagarre.

Il arrive à la caisse avec ou en poussant son chariot plein de provisions pour la semaine, il fait la queue, attend son tour, qui arrive, tout arrive, dépose les articles sur le tapis roulant et quand il a fini, il passe de l'autre côté et réceptionne les mêmes articles, qui ne sont plus tout à fait les mêmes, qu'il jette dans le chariot vide bientôt plein et s'apprête à payer.

Chèque ou espèces ou carte bleue, ou jaune, ou rouge, ou noire ? lui dit une caissière épuisée. En espèces, dit-il, et il paye, puis péniblement fait pivoter le chariot et s'en va.

À quelques pas de là un homme l'arrête et lui dit : Le saumon fumé. Quoi le saumon fumé ? dit-il. Vous ne l'avez pas payé, dit l'homme. Comment ça je ne l'ai pas payé ? dit-il, vous plaisantez ? Je ne plaisante pas, dit l'homme, vous l'avez volé. Non mais vous êtes malade ? dit-il, je vous ai laissé une fortune depuis dix ans que je fais mes courses ici, vous croyez que je m'amuserais à truander pour une malheureuse tranche de saumon ? On dit ça, dit l'homme, suivez-moi, nous allons pointer la bande. Ah vous voulez m'emmerder ! hurle-t-il, un hurlement énorme et déchirant : Eh bien vous allez m'emmerder pour quelque chose !!

Il échappe à la surveillance de l'inspecteur quelque peu surpris par le fameux hurlement, passe derrière la caissière qu'il bouscule et secoue en lui serrant le cou et s'enfuit en courant dans les rayons où il renverse tout ce qu'il peut renverser, des pyramides de biscuits, de boîtes de conserve, des pots de moutarde, des bouteilles de vin qui explosent en tombant, le vin se répand comme du sang noir et lui s'enfuit toujours, on le poursuit dans les rayons qu'il continue de dévaster, on se met à quatre pour le coincer après une assez longue partie de cache-cache, les gens regardent comme des veaux, on le maîtrise, la police arrive, on l'embarque et plus tard on le juge, on le condamne, un mois de prison avec sursis, c'était la première fois.

Il n'avait pas payé le saumon fumé, la tranche était restée debout contre la paroi du chariot, la caissière ne l'avait pas vue, lui non plus, l'inspecteur si.

C'est comme ça, dit le caissier, alors ? qu'est-ce que vous décidez ? C'est que, dit-il, le nœud rouge et la chemise beige ne vont pas très bien avec ce costume-là, il montre le second costume. Alors payez le supplément, dit le caissier. Je n'aurai pas assez, dit-il, je n'ai pas pris assez d'argent. Faites-moi un chèque, dit le caissier. Je n'ai pas pris mon chéquier, dit-il, justement pour ne pas trop dépenser, vous savez ce que c'est, on fait des chèques et puis. Décidez-vous, dit le caissier. Ah et puis tant pis, dit-il, je vais prendre la beige et le nœud rouge, ça ne va pas du tout avec le costume mais tant pis, après tout je m'en fous.

Il prend la chemise blanche et le nœud vert et s'éloigne entre les cintres, pose la chemise sur la pile où il reprend la beige, jette le nœud dans la corbeille où il reprend ou récupère le rouge et revient : Voilà, dit-il, c'est réglé.

Il règle la différence sur le costume, deux cents francs, puis sort du magasin sous le regard des deux vendeuses, l'une blonde, grande et maigre qu'il ne désire pas, l'autre brune, petite et ronde qu'il ne désire plus, pour le moment.

À moins que, se dit-il, marchant dans les allées dallées, sur les dalles des allées, larges et pleines de musique, de voix qui racollent, sous la lumière tombant de la verrière comme le soleil dans la clairière d'une forêt bleue, à moins que.

À moins que, se redit-il, je ne retourne voir la belle rousse aux yeux verts, pour lui demander de changer celles-ci contre une autre paire moins chère, comme ça avec la différence je pourrai reprendre la chemise blanche et le nœud vert, qui vont très bien avec ce costume-là, il se montre le costume, qui je crois ira très bien pour le concert.

Mais, mais, sans doute est-ce la fatigue, l'idée lui semble folle, il renonce, esquisse un geste, celui de sortir les chaussures, pour se convaincre une nouvelle fois qu'elles ne vont pas si mal avec le costume.

Immédiatement, avant même d'avoir pu esquisser le geste, avant même de l'avoir voulu, si c'est possible, avec lui tout est possible, il se rend compte qu'il ne les a pas.

Il pâlit, tremble sur ses jambes, suffoque, s'affole, se ressaisit, réfléchit, cherche, se rappelle, il les a posées, se revoit les posant sur la caisse tout à l'heure, fait demi-tour et retourne en courant au magasin de vêtements.

Il arrive en courant, entre en courant sous le regard des deux vendeuses : Mes chaussures ! souffle-t-il, j'ai oublié mes chaussures ! je les avais posées sur la caisse !

Les deux vendeuses s'approchent de la caisse, regardent partout, dessus, dessous, se regardent, Janine et Lucienne, pas de chaussures, le caissier dans ses papiers ne lève même pas la tête.

Tout à coup Lucienne claque des doigts en ouvrant de grands yeux, ce qui lui donne un air idiot mais lui la trouve encore plus désirable comme ça, plus abordable, les yeux grands ouverts et claquant des doigts : Vous avez dû les oublier dans la cabine, dit-elle.

Sans attendre elle le précède entre les cintres, jusqu'à la cabine où elle entre, il arrive, entre derrière elle, tire le rideau et tente d'abuser d'elle, elle se laisse aller.

Quelques instants plus tard, blanc comme un mort, il ressort de la cabine, file entre les cintres, regarde le caissier, à la dérobée, il n'a rien vu, puis du magasin avec ses deux sacs, l'un, le grand, contenant le costume et l'autre, le petit, conte-

nant une boîte, contenant une paire de chaussures neuves, et les cendres de l'aventure.

Le grand sac contient également une chemise
rayée beige à minces filets rouges et un nœud
papillon, du même rouge ou presque, ils ne vont
guère ensemble, les filets de la chemise et le
nœud, honnêtement, ne sont pas tout à fait du
même rouge, et deux rouges proches sont plus
étrangers que deux rouges différents, ça se voit,
honnêtement, ne parlons pas du costume et des
chaussures, mais enfin, se dit-il, tant pis.

Au même instant Lucienne ressort de la cabine
sous le regard de Janine qui approche entre les
cintres, lentement, elle vient aux nouvelles.

Lui se dirige vers la sortie du centre commercial.

La sortie se compose d'une rangée de portes
à double battant qui prend ou occupe toute la
largeur de la galerie marchande.

La même scène confuse et largement démulti-
pliée se répète et se poursuit, se perpétue si l'on
préfère, semble rouler comme un fleuve à double
sens, propre et figuré depuis la nuit des temps,
comme un vaste tapis coulant qui accélère le croi-
sement des races, des espèces, on ne sait jamais
quand il s'est mis en marche, ni quand il s'arrê-
tera, sauf quand il s'arrête dans le mental, tombe
en panne, on pense ferme à ce qu'on est sur cette
terre à jamais figée, peu de choses.

La même petite mésentente ou malentendu, au sens où un malentendu est quelque chose qu'on entend mal pour s'entendre bien puis bien pour s'entendre mal, se répète un bon millier de fois par minute.

La première personne sortante tient la porte, la seconde ne la prend pas, pousse l'autre battant qu'elle devait normalement tirer et la troisième qui arrive l'évite de justesse, c'est la quatrième qui le prend dans le nez en voulant éviter le premier battant de retour dont une cinquième qui entre profite en tenant le second battant pour une sixième qui sort et ne le prend pas mais prend dans l'épaule le premier battant de retour.

À propos de battant et de retour il se dit en sortant qu'il faut en être un sacré, battant, à l'âge qu'il a, retour, pour supporter la vie qu'il mène.

Puis il pense au marchand de crêpes, celui qu'on aperçoit dès qu'on sort de la galerie, et au caissier de la librairie dès qu'on entre, ils ont l'air tous les deux d'être là depuis toujours et cette pensée l'attriste ou l'atterre, l'atterre, la vue d'un plus bête ou plus malheureux que lui ne le console plus, alors deux.

J'ai l'âge de tirer des conclusions, se dit-il : Je serai toujours plus bête qu'un autre et plus malheureux que n'importe qui.

Voilà qui est clair.

Avant que je n'en finisse, que tout cela ne

finisse, j'espère que mon petit malheur fera le bonheur de quelques-uns, écrit-il.

Il arrive dans la rue, s'arrête et ferme les yeux, il ne sait plus où il a laissé sa voiture, il le sait mais soudain ne sait plus rien, que se passe-t-il ?

S'il avait regardé à droite sans faire appel à sa mémoire, sans se mêler des affaires de sa mémoire qui se débrouille très bien toute seule et veille au grain, il aurait vu sa voiture, mais avant de regarder à droite en se souvenant naturellement sans faire l'effort de se souvenir, il fait appel à sa mémoire et celle-ci le trahit pour des raisons qui, se dit-il, tiennent à la vendeuse Lucienne, et il y tient, mais il se trompe, nous verrons plus loin que Lucienne n'est pour rien dans ce trou de mémoire.

Il a beau garder les yeux fermés il ne voit toujours rien, les ouvre et la découvre enfin, sa voiture, puis la rejoint.

Avant, non, au moment de monter dans sa voiture il voit un papillon sur le pare-brise, il suspend son geste, son corps, recule, se recule avec son corps, à l'aide de son corps, donne à son corps l'ordre de reculer afin de pouvoir reculer avec lui : Recule Hercule, dit-il.

Il referme la portière, se déplace vers l'avant, se penche sur le capot, libère le papillon et l'examine, au contraire de l'entomologiste ou logue qui, lui, commence par fixer la bête et l'examine ensuite.

Ce n'est pas une contravention, l'esprit chagrin en est pour ses frais, c'est la première fois qu'il voit ça et n'y comprend rien, ce qu'il peut lire de ce double au carbone ressemble fort à un inventaire qui le jette dans une sorte de trouble, malaise ou inquiétude, pas un arrêt de mort mais quelque chose ayant à faire avec la morgue, comme s'il était déjà mort, comme si l'on venait d'épingler sur sa poitrine inerte un portrait de lui, une photo agrandie de son identité, assortie d'une longue liste de signes particuliers et ils sont nombreux, son jardin secret est immense comme les terrains vagues de la périphérie des années cinquante.

D'une part la liste des objets se trouvant à l'intérieur de la voiture, de l'autre l'état extérieur, état de la carrosserie, liste des coups reçus et autres blessures.

Le voilà mis à nu, mis à vif, livré aux gémonies de notre regard.

Se sentir ainsi repéré, tenu à l'œil, condamnable au premier faux mouvement, alors tous les mouvements sont faux, faussés par la peur, risquent fort de l'être, on ne bouge plus, ne bougeons plus, souriez.

Il lève les yeux, regarde à gauche et aperçoit un groupe de trois agents de police devisant au bord du trottoir.

Il se dirige vers eux, les rejoint en souriant et, s'adressant au premier agent qui se trouve être le plus sympathique, il dit : Pardon excusez-moi monsieur l'agent mais pourriez-vous me dire ce que ce papier signifie ?

L'excès de politesse affable ne surprend ni ne trouble l'agent qui en a vu d'autres : C'est un avis d'enlèvement, dit l'agent.

Vous voulez dire que par cet avis vous me prévenez que vous allez faire enlever ma voiture ? dit-il. Pas vous, dit l'agent, c'est pour le camion-grue. Mais puisque je suis là, dit-il. Vous êtes là maintenant mais tout à l'heure vous n'étiez pas là, dit l'agent. Tout à l'heure non, dit-il, je n'étais pas là mais maintenant je suis là. Vous avez de la chance d'être là, lui dit l'agent, à lui qui justement se demandait ce qu'il faisait là, à cinq minutes près c'était fait, le voilà qui arrive.

Il se retourne, la vue de la potence mobile lui glace le sang : Vous n'allez pas faire ça, dit-il. Mais non, dit le premier agent, puisque vous êtes là, mais avouez que vous avez de la chance.

Il avoue et rasséréné lui raconte que la même chose est arrivée à son père une nuit de réveillon du jour de l'an chez son frère qui habite le Quartier latin, l'année commençait bien, dit-il.

C'est en ressortant de chez mon frère à deux heures du matin que mon père s'est aperçu que sa voiture n'était plus là ou avait disparu, je crois même qu'il était trois heures, dit-il, ou quatre, enfin il était très tard, ou très tôt, ça dépend, si on se lève, mais eux allaient se coucher, mon père et les autres, et c'est au commissariat où il s'est rendu sans tarder avec mon frère, dans sa voiture, il a une voiture, heureusement, pour déclarer le vol, qu'il a appris qu'elle venait d'être enlevée, une sorte de rapt ou kidnapping avec demande de rançon, sauf que les ravisseurs sont des policiers aidés par des mercenaires.

Le deuxième et troisième agent qui écoutent du coin de l'œil trouvent la dernière image assez drôle et ricanent.

Vous exagérez, dit le premier agent. À peine, dit-il. Oh, dit le premier agent, quand même. Sans doute, dit-il, mais quand il faut payer la note, hein, sans parler du préjudice moral, le coup au cœur, c'est physique mais le doute, l'incertitude, l'inquiétude, l'anxiété, l'angoisse, la peur, la panique dans la nuit, le froid, c'est moral, et physique, avec la grand-mère qui vomissait sur le trottoir, elle avait un peu bu, et les huîtres, c'est le foie, il fallait bien la ramener chez elle, la pauvre vieille, donc il a quand même fallu payer et quand on est pauvre.

Quand on est pauvre on n'a pas de voiture, dit le deuxième agent. Oui, oh, vous savez, dit-il sans le regarder, il l'aurait giflé cet abruti, il continuait de regarder le premier agent plus sympathique :

Ce n'était qu'une petite voiture de pauvre, d'occasion, quand je pense qu'il a fallu deux ans pour la payer, au prix de quelles privations.

Oui, enfin, vous, vous avez de la chance, dit le premier agent : Tenez, je déchire l'avis d'enlèvement, il le déchire, je ne vous mets même pas de contravention pour stationnement gênant.

Merci, merci, monsieur l'agent, dit-il en reculant et il trébuche dans le caniveau, tombe, se relève, riant lui-même de sa bêtise sous le regard des trois agents.

Puis il retourne à sa voiture, l'ouvre, monte, met le moteur en marche ou en route, le laisse tourner et, regardant bouger la cime d'un arbre là-bas au bout de la rue, se plaît à imaginer qu'il arrive juste à temps, sa voiture quitte le sol.

Il se précipite, bouscule les badauds qui assistent à l'opération comme à une pendaison en place de Grève, la voiture s'élève, il ouvre la portière, se hisse à l'intérieur, referme, baisse la glace et hurle : Si vous voulez enlever ma voiture il faudra m'enlever avec !!

L'exécuteur, visiblement sous l'effet d'une grâce retardée, paralyse le vérin, inverse la manœuvre, la voiture redescend, lentement, touche le sol, rentre ses roues sous ses ailes comme un chat ses pattes sous son ventre, le bourreau approche, s'incline, demande pardon, ôte les chaînes, les trois agents se déploient sur la chaussée, stoppent le cours de la circulation pour permettre à la voiture de déboîter, elle démarre sous les applaudissements et les acclamations de la foule.

Sans doute est-ce le contrecoup nerveux de l'héroïsme, il s'effondre sur le volant et sanglote : Mon père aussi, dit-il tout haut dans l'habitacle sourd, mon père aussi se serait défendu s'il avait pu se défendre, s'il avait eu l'occasion de se défendre ou la chance ou le choix de pouvoir se défendre mais il est mort, il n'a pas eu l'occasion ni la chance ni le choix de se défendre, il se serait défendu aussi, aussi bien que moi mais il est mort avant d'avoir pu se défendre, il n'a pas eu le choix ni la chance ni l'occasion de se défendre, on ne lui a pas offert le choix, la chance de se défendre, il n'a même pas pu se défendre contre la mort, il n'y a aucun moyen de se défendre contre la mort et s'il n'y a aucun moyen de se défendre contre la mort je n'ai aucune raison de me défendre contre le reste, je n'en vois aucune.

Reste l'écriture, la musique, la peinture, la beauté en un mot, LA BEAUTÉ, mais que vaut-il mieux ? La chercher ? L'ignorer ? La connaître ou ne pas la connaître ? Meurt-on plus heureux auprès d'elle ? Moins désespéré ?

Il jette les deux sacs sur le siège arrière, exécute sa manœuvre de départ et recommence à chantonner les premières mesures du troisième mou-

vement, d'une voix nasillarde, éraillée : Talalitatatilalilalilala, la.

La voiture gris foncé s'éloigne dans le couloir
formé d'immeubles sombres, réduite à l'expres-
sion la plus simple, à l'inexistence d'une plaque,
minéralogie parmi d'autres qui l'entourent, la
précèdent et la suivent, on la voit s'arrêter, à son
tour elle attend de pouvoir traverser le carrefour
plus clair.

Rentré chez lui il dépose ses précieux achats
dans la chambre, les étale sur le lit, les dispose
en bon ordre.

La veste bien à plat, le pantalon, dont il cache
la ceinture sous la veste, les chaussures en bas du
pantalon, une chaussure au bout de chaque
jambe, la chemise rayée beige à l'intérieur de la
veste et le nœud papillon rouge sur le col de la
chemise.

Il regarde le personnage qu'il a construit, ap-
pelons ça un personnage, ce pantin, ce spectre,
ce fantôme, ce squelette habillé : Je vois, dit-il, il
voit et ce qu'il voit ne lui plaît pas, toujours pas,
il commence alors à bouger menu, ses bras re-
muent en cadence, battent la mesure, il recommence à chantonner les premières mesures du
premier mouvement : Ti, ta, tatititatata et sort de
la chambre.

Il téléphone aux renseignements afin d'obtenir

le numéro du théâtre musical, l'obtient après une longue attente agrémentée d'une séquence pluvieuse ou neigeuse des Quatre saisons, il le note et appelle le théâtre.

Une voix magnétophonée l'invite à patienter et lui envoie une séquence brumeuse des Quatre saisons, ce qui ne laisse pas de l'intriguer, aurait-il refait le numéro des renseignements dont seuls les deux premiers chiffres auraient marqué la mémoire artificielle ? En voilà une question. Non, pas les deux premiers, le troisième et le quatrième, le un et le deux.

Allô ? dit enfin une voix naturelle, pour autant qu'une voix téléphonée puisse être naturelle, enfin plus naturelle que l'autre, la magnétophonée.

Le théâtre musical ? dit-il. Ah non, dit la voix, pas du tout, il y a erreur, ici vous êtes à la Nef des fous, la clinique la plus moderne du Val-de-Marne. Oh, seigneur, dit-il, non, plus tard, pas encore, de grâce, excusez-moi. Pas de quoi, dit la voix.

Il raccroche et regarde son papier, réfléchit, rappelle les renseignements, nouvelle attente, autre saison.

En attendant il pense qu'il s'est trompé en notant le numéro, il se trompe, le numéro est bon, la voix d'homme le confirme, il a dû se tromper en le composant sur le cadran, le recompose, non, il raccroche et le recompose.

Le recomposant il pense à ses dépenses de vêtements, se dit qu'il aurait mieux fait de téléphoner avant de se lancer dans tous ces frais, c'est toujours comme ça, il n'a jamais su faire la part des choses, il donne de l'importance à ce qui n'en a pas et pas du tout, ou très peu, à ce qui en a : Et si tout était loué ? se dit-il, il ne sait plus où il en est, raccroche et recommence.

Le théâtre musical ? dit-il, allô ? je suis bien au ? Oui, dit la dame, théâtre musical, j'écoute. Je voudrais louer une place pour le concert de vendredi soir, dit-il, vous savez celui où l'on doit jouer le concerto, c'est bien vendredi soir ?

On ne loue pas par téléphone, dit la dame. Ah bon ? dit-il. Il faut vous déplacer, dit la dame. J'arrive, dit-il. C'est trop tard, dit la dame, venez demain matin. Je serai là à la première heure, dit-il. Pas avant dix heures, dit la dame. Bon alors très bien, dit-il, je serai là à dix heures.

Il s'inquiète et demande s'il reste encore de la place : Mais dites-moi, dit-il, pendant que je vous tiens, je veux dire pendant que j'y suis, que je suis là, que je vous ai au téléphone, là, il vous reste encore de la place ? Pour quand ? dit la dame. Mozart, dit-il. Je vous demande pas pour qui je vous demande pour quand, dit la dame. Eh bien, dit-il, vendredi soir. Presque plus, dit la dame. Ah merde, dit-il. Comment ? dit la dame. Rien, dit-il. Mais si vous venez demain dès l'ouverture vous avez des chances, dit la dame, toutes vos chances. Vous croyez ? dit-il. Mais oui, dit la dame. Ah bon alors dans ce cas, dit-il.

Il s'inquiète du prix : Mais dites-moi, dit-il, avant de vous quitter, je veux dire de vous abandonner, mais non, de vous laisser à vos occupations, les places qui vous restent, là, elles sont chères ? Les dernières sont les plus chères, dit la dame. Vous m'étonnez, dit-il, je suppose que parmi les plus chères certaines sont déjà louées. Oui, dit la dame, mais parmi celles qui me restent certaines comptent parmi les plus chères. Bien, dit-il. Que voulez-vous que je vous dise ? dit la dame. Bah oui, dit-il. De toute façon c'est tout ce qui me reste, dit la dame. C'est déjà bien, dit-il, je veux dire c'est toujours ça, alors à demain madame, au revoir, et merci.

Il est en vacances, il a pris la semaine qui lui restait, comme chaque année il a gardé une semaine pour le cas où, et il a bien fait de la garder, il a pu la prendre pour se préparer au concert, comme si lui-même devait y participer, non mais il veut pouvoir y penser à son aise, depuis qu'il a décidé d'y aller il ne pense plus qu'à ça, il n'aurait pas été capable de travailler.

Quelle heure est-il ?

Quatre heures, encore six heures avant la nuit, il n'aime pas que les jours soient trop longs, il aime que la nuit tombe vite, vers six ou sept heures, pas plus tard, ce ne sont pas les nuits trop courtes qui le fatiguent en juin, ce sont les jours trop longs, interminables, qui chaque jour s'allongent, semblent sans fin, déprimants au possible.

Il passe les premières heures à essayer de consigner les incidents de ce début d'après-midi, y parvient tout de même, tant bien que mal, puis la soirée devant un film, ne craignez rien, je ne vais pas vous le raconter.

La première partie est intéressante, pas passionnante mais intéressante, enfin si, passionnante, il a honte de se passionner pour une histoire mineure d'amour : Ah, l'amour, sera toujours l'amour et le tout de l'amour dans la façon de nous parler d'amour, se dit-il.

La seconde hélas est pauvre, décevante, ennuyeuse, comme d'habitude, on ne sait pas finir, se dit-il.

On ne sait pas s'arrêter à temps, l'ennemi c'est le temps, la durée, il fallait couper l'histoire en plein milieu, ne pas hésiter à l'interrompre, oser suspendre le récit à son point le plus haut, le plus intense, le plus dense, le plus captivant, se dit-il aussi.

Aucune histoire ne résiste au temps, il faut l'arrêter, arrêtez-la !, oser, peu importe qu'elle ne finisse pas au sens où on l'entend, une fin est une fin, se dit-il encore.

L'arrêt y met fin sans lui permettre de finir,

pourrir, se dégrader, du même coup me libère sur le moment le plus élevé, se dit-il enfin.

Il éteint le poste avant que la publicité ne lui rappelle que tout cela baigne dans la mare croupie de la laideur la plus commune.

Il met le concerto, il se couche et s'endort en écoutant le concerto, le chantonnant par cœur, passant de l'orchestre à la clarinette de son plein gré ou trahi par le registre, là c'est trop grave, plus grave qu'un la grave, là trop aigu, d'une octave il monte ou descend, il change, il chante, batifole sur la portée et durant l'adagio s'endort.

L'allegro final ne le réveille pas, c'est le vieux bras automatique qui le réveille, heurtant le butoir, non, il n'y a pas de butoir, je viens d'aller voir, c'est le curseur qui claque et le réveille, il se lève, éteint l'appareil, baisse le couvercle sur le disque qui est là sur le plateau, à demeure, se recouche et se rendort.

À dix heures le lendemain matin il se présente au guichet du théâtre musical, il dit qu'il est le monsieur qui a téléphoné hier après-midi afin de retenir une place pour le concert de vendredi soir : Je suis le monsieur qui vous a téléphoné hier après-midi afin de retenir une place pour le concert de vendredi prochain, dit-il.

On ne retient pas par téléphone, dit la dame. Je sais, dit-il, vous me l'avez dit hier après-midi.

Alors là, dit la dame, ça m'étonnerait beaucoup, ce n'était pas moi hier après-midi. C'est possible, dit-il. C'est certain, dit la dame. Ah bon, dit-il. Enfin puisque je vous le dis, dit la dame, je sais quand même ce que je dis. Il pense qu'elle est bien la seule mais n'ajoute rien.

Très bien, dit-il, ce n'était pas vous. C'était ma collègue de l'après-midi, dit la dame du matin. Vous avez la même voix, dit-il, encore qu'au téléphone. C'est possible, dit la dame. C'est certain, dit-il, j'aurais juré que c'était vous. Ah tiens, dit la dame, en tout cas ce n'était pas moi, parce que moi, voyez-vous, je ne suis là que le matin. Il pense qu'être là la moitié du temps seulement ne manque pas de charme mais n'ajoute rien.

Je vois, dit-il, en tout cas cette dame m'a dit que vous ne louez pas par téléphone. Elle a bien fait, dit la dame, je vous aurais dit la même chose si vous aviez téléphoné hier matin. Je m'en doute, dit-il, mais je n'ai pas pu, en fait j'ai oublié, je voulais le faire avant d'aller au magasin et puis j'ai oublié, alors je vous ai appelée seulement hier après-midi, j'étais tellement préoccupé par le costume, si vous saviez, toute la matinée je n'ai fait qu'y penser, du coup je n'ai pas pensé à vous appeler, je ne vous ai donc appelée qu'hier après-midi en rentrant du magasin. Ce n'était pas moi, dit la dame.

Je sais, dit-il, c'est vous que j'aurais dû appeler

hier matin, bien sûr, j'aurais dû m'inquiéter de ma place avant d'acheter le costume. Ah ça oui, dit la dame, si vous m'aviez appelée hier matin je vous l'aurais dit : Venez louer votre place, vous achèterez le costume après, on ne sait jamais. Eh oui, dit-il, enfin c'est fait c'est fait, j'espère au moins qu'il vous reste de la place.

Pour quand ? dit la dame. Vendredi soir, dit-il. C'est complet, dit la dame. Vous devez vous tromper, dit-il, votre collègue hier après-midi m'a dit que si je venais ce matin à dix heures j'avais une chance, même toutes mes chances. Il est onze heures et quart, dit la dame. Comment ça onze heures et quart ? dit-il.

Il regarde sa montre : Dix heures et quart, se retourne, voit un homme qui traverse le hall, il se précipite à sa rencontre et lui demande l'heure : Onze heures treize, dit l'homme en regardant dehors, là où il serait déjà s'il n'avait pas dû s'arrêter pour donner l'heure à cet excité.

Il laisse l'homme derrière lui et sort du théâtre en courant, court sur le trottoir, redemande l'heure à la première femme venue, qui ne l'a pas mais la lui donne quand même, toutes les mêmes, toujours à donner ce qu'elles n'ont pas : Onze heures vingt, dit-elle, montrant du doigt la pendule du métro.

Il la remercie et par acquit de conscience interpelle une seconde femme qui se donne des airs d'horloge parlante : Il est exactement, onze heures seize, dit-elle, à ma montre, elle est à quartz, c'est très précis, elle le regarde en disant ça, puis sa montre : Maintenant il est dix-sept, dit-elle. Déjà ? dit-il.

Il revient dans le hall du théâtre et se représente au guichet devant la dame : C'est pourtant vrai, dit-il. Qu'est-ce que je vous disais ? dit la dame. Je sais, dit-il, j'ai eu tort de douter.

Il réfléchit et tout à coup se tambourine la tête dans une sorte de mea culpa frontal : Mais oui ! dit-il, ça y est ! j'y suis ! je sais ce qui s'est passé, cette nuit elle s'est arrêtée et ce matin je me suis trompé d'une heure en la remettant à l'heure, c'est aussi bête que ça.

Je comprends, dit la dame, qui ne comprend rien du tout parce qu'elle se dit : S'il a réglé sa montre sur la radio ou le téléphone il avait forcément conscience de l'heure, mais s'il avait eu conscience de l'heure il aurait regardé l'heure plus souvent, il se serait aperçu bientôt que sa montre retardait d'une heure, il serait venu plus tôt, à moins qu'il ait très vite reperdu conscience de l'heure après s'être tompé d'une heure en réglant sa montre, se dit-elle, c'est probable, et elle s'apprête à le lui dire mais elle ne le voit plus.

Il s'agrippe encore au guichet, ses jambes ne le portent plus, il descend lentement, disparaît, on ne voit plus que ses mains qui s'accrochent.

La dame se lève et se penche : Eh bien ! dit-elle, ça ne va pas ?

Il remonte lentement, reparaît : Si si, ça va, dit-il, tout va bien, juste un petit malaise, c'est rien. Vous m'avez fait peur, dit la dame.

Il s'excuse, demande pardon, puis il dit : Écoutez, madame, je vous en supplie, ayez pitié, faites quelque chose, je me contenterai d'un strapontin, même pas, une demi-place, je veux juste écouter le concerto, je peux même rester debout si vous voulez, je me tiendrai tranquille dans un coin, au fond, d'accord ?

Hélas, monsieur, dit la dame, vous savez bien que c'est impossible. Je ne sais rien du tout, dit-il, regardez les jeunes, ils sont des milliers à rester debout pour écouter du rock. Nous ne faisons pas le concert de rock, dit la dame. C'est un tort, dit-il. Je n'y peux rien, dit la dame. Je sais, dit-il, je sais, excusez-moi, ne m'en veuillez pas, mais vous comprenez.

Je vous en prie, dit la dame, puis, le prenant enfin en pitié, ce pauvre type, elle dit : Écoutez, dans l'immédiat c'est complet, mais si vous venez vendredi soir un quart d'heure avant le début du concert, vous avez une chance de prendre la place de quelqu'un qui d'ici là aura revendu son billet, remboursé au dernier moment pour je ne sais quelle raison.

Vous pouvez répéter ? dit-il. Elle répète, en

réalité c'est une variante : Vous croyez ? dit-il. Mais bien sûr ! dit la dame, ça arrive régulièrement.

Il lui tend la main, prend la sienne, la baise et s'en va en chantonnant les premières mesures du troisième mouvement : Talalitatatilalilalilala, la.

Puis le temps passe, les jours, le vendredi arrive, il suffisait d'attendre, tout arrive.

Il décide de prendre le métro pour éviter ou s'épargner tout nouveau problème de stationnement, il n'aura pas à chercher une place pendant un quart d'heure, le quart d'heure fatidique, ce qui l'eût certainement mis en retard, à moins de partir un quart d'heure plus tôt, mais si c'est pour perdre une demi-heure dans les embouteillages, autant prendre le métro, ou alors partir une demi-heure plus tôt, c'est ça, et pourquoi pas une heure ? et si je tombe en panne ? se dit-il. Non, il décide de prendre le métro, calcule le temps qu'il faut à raison de trois minutes par station, en tenant compte de la correspondance.

Il se réjouit à l'idée de retrouver le métro de sa jeunesse, la lumière et l'odeur électrique, les couleurs et les courants d'air, le plaisir de se mêler aux gens réunis là dans ce lieu souterrain, dans le but commun de voyager ensemble, dans une seule et même rame que tous attendent, mais en cours de route certains vont descendre pour changer et la tristesse le gagne.

Je n'arrive pas à comprendre, se dit-il, dans l'inquiétude où je suis de ne pas avoir de billet pour le concert, comment je fais pour me réjouir à l'idée simple de prendre le métro, ça me dépasse, même si l'un n'empêche pas l'autre.

Il y a tellement longtemps qu'il n'a pas pris le métro, près de vingt ans, qu'il se demande si tout à présent n'est pas entièrement automatique, si par exemple on vend encore des tickets dans les stations, et les tickets le font repenser à son billet.

On vend encore des billets dans les stations, il n'aura pas à affronter le distributeur automatique.

Il fait la queue au guichet, l'heure tourne, son tour arrive, il s'avance, parle dans l'hygiaphone, demande deux tickets penché en avant, on le fait répéter, il répète plus fort, on appuie sur un bouton et deux tickets surgissent de la fente successivement, il demande combien, on le lui dit, il pense avoir compris mais ne donne pas suffisamment, il n'a pas compris, ou mal, on lui répète combien mais il n'entend pas, il y a du bruit, il fait répéter, on lui montre du doigt le tarif collé face à lui sur la glace, il se penche, n'arrive pas à lire, c'est écrit trop petit, il soulève ses lunettes de myope et approche son nez, qui tout à coup lui paraît très grand et déchiffre, les jeunes qui attendent s'impatientent et se moquent de lui, je crois même qu'ils l'injurient.

Tant qu'il me restera comme on dit un souffle de vie, je ne pourrai me résoudre au sort qui m'est fait, écrit-il, avec le sentiment de citer quelqu'un mais qui ? Engager des recherches serait perdre son temps, si je l'ai dit c'est que comme lui je le pensais, qu'il l'ait dit avant moi n'a pas d'importance, l'important c'est qu'il l'ait dit, comme moi, et moi comme lui, que nous l'ayons dit, avant ou après, à quoi ça rime puisqu'il est mort et que je vais mourir ?

Il descend sous terre et ne retrouve rien, tout du métro lui semble avoir terriblement vieilli, bien qu'on ait remplacé les vieilles rames par des jeunes ou des neuves, les rouges et les vertes par des bleues ou des grises, le sourire tendre et engageant des vieilles réclames par des dentitions féroces, brutales, éclatantes, je ne trouve pas le mot, obscènes, les teintes douces et vieillottes par des couleurs violentes, comme s'il était besoin de traquer le regard toujours plus loin dans son sommeil, son désir de sommeil.

Le wagon jaune remplace le vert, ou le rouge, tout est remplacé et tout est déjà sale, couvert de misère.

Comme tout me semble vieux, se dit-il, même le plan lumineux qui m'enchantait jadis comme un enfant, qui déjà m'enchantait quand j'étais enfant et continuait de m'enchanter quand j'étais plus vieux, avec les lignes qui s'allument, le clavier comme celui d'un orgue de voyage, le registre des stations, les rangées ou les colonnes de boutons à presser, que je presse et aussitôt les pastilles de couleurs vives me disent que je suis là et que, si je veux me rendre là, je dois passer par là.

Il ne retrouve rien, les gens sont fatigués, les jeunes qu'il regarde avec son déjà vieux regard ont l'air très fatigué, mais peut-être que lui aussi avait l'air fatigué étant jeune dans les yeux des vieux qui le regardaient, peut-être que la fatigue qui trouble à présent son regard ne lui montre que la lassitude du vieux monde, je veux dire de la vieille vie, oui, certainement, à moins que la seule responsable ne soit la lumière souterraine, comme un avant-goût de caveau.

Enfin.

Un quart d'heure précisément avant le début du concert il pénètre dans le hall du théâtre musical, son premier regard est pour la dame qui se tient au bureau de location, il la regarde et n'y croit pas, il n'avance plus, il ne peut plus.

Il ne reconnaît pas la dame en question, cette dame n'est pas celle qui lui a conseillé de venir un quart d'heure avant le début du concert, il se sent trahi par la dame, l'autre, elle aurait dû le prévenir qu'elle ne serait pas là ce soir.

Le souvenir de ses paroles, les mots de promesse, le lien de pensée, la complicité tacite ou occulte qui l'avait soutenu durant ces derniers jours vole en éclats, se désagrège, se volatilise, s'évanouit, cela a pour effet de le terrifier, au point qu'il songe à faire demi-tour.

Mais l'autre dame a peut-être prévenu celle-ci de ma venue, peut-être lui a-t-elle dit qu'un monsieur plus très jeune, vêtu d'un costume beige, mais non, elle ne le savait pas, elle savait pour le costume mais pas pour la couleur, je ne lui ai pas dit, se dit-il, mais peu importe, je continue mon hypothèse : D'une chemise blanche, non, beige, d'ailleurs c'est une chemisette mais les manches courtes sous la veste ne se voient pas, et d'un nœud papillon vert, non, rouge, se présenterait un quart d'heure avant le début du concert, mais peut-être pas.

Il n'ose pas aller la trouver pour le lui demander, lui dire : L'autre dame a dû vous prévenir, lui dire que l'autre dame, celle du matin, lui a conseillé de se présenter un quart d'heure avant le début du concert, parce qu'il aurait une chance de trouver une place revendue par quelqu'un au dernier moment pour je ne sais quelle raison, mort d'un proche ou naissance ou mariage ou divorce d'un proche, mais ce sont là des cas de force majeure, tout empêchement ferait l'affaire, cela se produit régulièrement, il se tient à l'écart du passage et attend.

Il a l'air de quelqu'un qui attend quelqu'un, qui attend pour entrer que ce quelqu'un arrive, mais sans impatience, il est encore temps, avec inquiétude mais ça ne se voit pas, enfin lui ne sent pas trop son inquiétude et suppose qu'elle ne se voit pas trop mais personne ne le regarde.

Il en profite pour observer les gens qui entrent par groupes ou par couples, jamais seuls, il n'y a que lui pour être seul avec l'air d'attendre quelqu'un.

Il est enfin à même de se rendre compte que les gens ne sont pas aussi bien habillés qu'il le redoutait cette semaine devant la glace en essayant son costume neuf qui ne lui plaît toujours pas, c'est lui qui maintenant paraît trop apprêté mais personne ne le regarde.

Il a essayé au moins dix fois si ce n'est vingt le costume neuf, il était tellement fatigué de l'essayer que dégoûté il avait renoncé à le porter le soir du concert, ce soir.

Au début, lors des premiers essayages, il s'efforçait de voir les qualités et fermait les yeux sur les défauts, mais à force de regarder les qualités il ne voyait plus en elles que des défauts, lesquels s'ajoutaient aux autres défauts qui eux n'étaient que des défauts naturels ou irréversibles comme la plupart des vêtements.

Comme chez les humains, en somme.

Non, chez un être humain tout de défauts, qui

n'a que des défauts, l'ensemble des défauts peut être aimable mais pour un costume c'est différent, ou alors un costume qui n'a que des défauts mais qui dans son ensemble nous est donné, vendu plutôt, comme sans défaut, son défaut unique et de taille étant d'être importable ou détestable, tout indiqué pour moi qui m'impose l'épreuve de dominer ma honte, se disait-il.

Dégoûté il avait ressorti de la penderie le vieux costume qu'il avait fait faire sur mesure pour le mariage de sa nièce, un costume trois pièces avec un pantalon très large en bas et la veste cintrée comme le gilet d'ailleurs, la nièce est mariée depuis vingt ans, vous pensez, divorcée depuis cinq, comme le temps passe, les années, si vite à présent, à partir d'un certain âge.

Par-delà l'évolution de ma pensée qui je suppose est évolutive, qui je suppose a un peu évolué depuis tout ce temps, enfin j'espère, se disait-il en regardant le costume de sa nièce, la mode vestimentaire de cette époque me rappelle trop douloureusement ma jeunesse, ma connerie, c'est intolérable.

Il a donc renoncé à porter le costume de sa nièce, du mariage défunt de sa nièce, fait spécialement sur mesure pour le mariage ou à l'occasion du mariage de sa nièce, c'était bien la peine, la fille de son frère, son aîné de vingt ans, mort au champ d'honneur, de quelle guerre ? je ne sais pas quoi dire pour me rendre intéressant, comme les mômes, et s'est décidé à porter le costume neuf : Au prix où je l'ai payé, je ne pouvais pas ne pas le porter, se dit-il tout haut, bientôt seul dans le hall.

Le mouvement des gens de passage, qui entrent et passent s'interrompt, comme lorsque la pluie battante cesse tout à coup, une pluie torrentielle à laquelle on s'est trop habitué, qui soudain cesse et vous laisse hébétés sous l'éclaircie, vous regardez l'éclaircie et vous vous dites : Le ciel est à tout le monde, après tout, sa beauté est là pour qui veut bien lever les yeux sur elle, ou quand le vent tombe, quand soudain la mer devient silencieuse et étale, et pour peu que les marcheurs s'immobilisent sur la grève, la lumière de Pâques devient elle-même très inquiétante.

Un couple apparaît dans le hall désert.

Ils sont beaux tous les deux, d'une beauté dont je ne peux mieux dire qu'elle paraît libre du regard des autres, bien qu'il n'y ait personne à ce moment-là pour les regarder, à part lui, et moi, qui les regarde tous les trois, et l'Autre, bien sûr, qui nous regarde tous, ça fait quand même du monde, du beau monde.

L'homme est grand et triste, vêtu avec une espèce de négligé ou de laisser-aller très élégant.

Il regarde l'homme et se dit qu'il aurait mieux fait de rester habillé comme il était, comme il est tous les jours, enfin tant pis, se dit-il.

74

La femme, plus petite mais très grande elle aussi pour une femme, très droite au sens physique, le sens moral viendra plus tard, peut-être jamais, ça dépend de moi, si j'ai le courage, extrêmement cambrée comme une danseuse professionnelle, avance un visage tendu et accidenté, offert au vide, à l'espace nu, elle marche et sa canne blanche frappe le dallage métronomiquement.

Mettons les choses au point, tout de suite, elle n'est ni le destin des hommes ni la conscience du monde, je le précise parce que la figure de l'aveugle est toujours mal interprétée, abusivement, exagérément métaphorisée, voir le coup de l'oracle, on dramatise, on fait des histoires, on ne peut pas s'en empêcher, rien qu'une pauvre femme dont on verra plus loin que l'aventure ne vaut même pas d'être contée.

Ils entrent dans le vestibule.

Revenu de sa surprise ou stupeur il commence à penser à eux, à elle, à se souvenir d'eux, d'elle, mais le mouvement de la foule étirée, aussi étirée que mon récit, reprend son cours.

Quelques instants plus tard l'homme ressort du vestibule.

Il se précipite à sa rencontre et sans aucune pudeur lui demande s'il repart : En effet, dit l'homme, alors encouragé par cette politesse détendue il demande à l'homme s'il revient,

l'homme le regarde mieux, d'un regard qui le dé-
piste jusqu'aux viscères : Non, dit l'homme, je
ne reviens pas, pourquoi me demandez-vous ça ?

Eh bien, dit-il, je vous demande ça parce que,
en vous voyant partir, je me suis dit que peut-être
vous aviez loué votre place, parce que moi je n'ai
pas de place, je n'ai pas pu louer, c'était complet,
alors je me disais que si vous vous aviez loué votre
place, à condition que vous partiez, bien sûr,
vous pourriez me la céder parce que moi, voyez-
vous, comme je vous le disais à l'instant, je n'ai
pas pu louer pour des raisons qu'il serait trop
long de vous expliquer mais cela dit, je n'ai toujours pas de place, je veux dire vraiment pas,
alors si vous pouviez me céder la vôtre.

Hélas, dit l'homme, je n'ai pas loué, je suis
venu accompagner ma femme et je repars, je re-
partais, je vais partir, si vous le permettez. Et vous
reviendrez la chercher, dit-il à l'homme, après le
concert, n'est-ce pas, c'est bien ça ? Peut-être,
dit l'homme. Comment ça peut-être ? dit-il à
l'homme. L'homme le salue d'un bref mouvement de nuque et se dirige vers la sortie.

Il le rattrape et l'interpelle de nouveau : Vous
ne restez même pas pour écouter le concerto ?
dit-il, se rendant compte que ce qu'il dit est idiot
puisque l'homme n'a pas loué, pas plus que lui,
mais lui veut l'écouter le concerto et visiblement
il cherche à retenir l'homme, non pour l'écouter

avec lui mais parce qu'il pressent quelque chose de grave, et en même temps il se demande : Comment fait-on pour être le mari d'une aveugle ?

Je n'aime pas Mozart, dit l'homme, et lui aussitôt se demande : Comment fait-on pour ne pas aimer Mozart ? Qui n'aime pas Mozart ? Comment peut-on ne pas aimer Mozart ? Qui est-on quand on n'aime pas Mozart ? Qui se croit-on pour se permettre de ne pas aimer Mozart ?

Mahler non plus ? dit-il à l'homme, on doit jouer une symphonie de Mahler après le concerto de Mozart. Mahler si, dit l'homme, le mari de l'aveugle, mais si pour entendre Mahler je dois supporter Mozart pendant une demi-heure, je préfère me passer de Mahler, pas vous ?

Je note, il note, notez-le, que le nom de Mahler sonne comme un grand malheur, immense, interminable, comme tout malheur immense, n'oublions pas que par définition l'immensité n'est pas mesurable.

Pas vous ? dit le mari de l'aveugle. Oh, moi, dit-il à l'homme, je ne suis là que pour le concerto, je ne veux rien entendre après Mozart, je ne comprends même pas que l'on puisse écouter autre chose après Mozart, après qui que ce soit, je ne comprends même pas que l'on inscrive des compositeurs différents au programme d'un même concert, non.

Moi non plus, dit l'homme.

Je ne comprends même pas que l'on inscrive des œuvres différentes d'un même compositeur au programme d'un même concert, dit-il à l'homme.

Moi non plus, dit l'homme.

En somme je ne comprends pas grand-chose, dit-il à l'homme.

Ma femme non plus, dit l'homme, le mari de l'aveugle. Que voulez-vous dire ? dit-il au mari de l'aveugle. Ma femme aussi, dit le mari. Que voulez-vous dire ? redit-il au mari de l'aveugle.

Ma femme aussi n'est là que pour le concerto, ma femme non plus ne veut rien entendre après Mozart, dit l'homme, le mari de l'aveugle, de la femme aveugle, je reviendrai donc pour la reprendre tout à l'heure, après le concerto, si je reviens.

Que voulez-vous dire ? redit-il à l'homme. En vérité, je vous le dis, à vous je peux bien le dire, je ne reviendrai pas, dit le mari. Que voulez-vous dire ? redit-il à l'homme une dernière fois. Je la quitte, dit le mari.

Comme ça ? maintenant ? dit-il au mari et en même temps il se demande, au lieu de le demander au mari : Comment fait-on pour quitter une femme aveugle ? et bien qu'il sache qu'il n'y a pas deux façons de s'y prendre, contre toute attente, il ne sait plus où il en est, il se répond : Parce qu'elle est aveugle, comme si le comment était un pourquoi, en fait ne pouvant concevoir le comment il conçoit le pourquoi, s'efforce de le concevoir, c'est souvent comme ça, voir la blague de la fin et des moyens et vice versa, c'est le cas de le dire, le vice versa.

Les deux hommes se regardent. L'un, le mari, mesure sur l'autre l'effet produit par ses paroles, il attend qu'elles prennent comme un ciment sur l'intelligence d'un naïf, et quand il voit que le mal est fait, il reparle :

Mais j'y pense, dit le mari de l'aveugle, puisque vous non plus vous ne restez pas après Mozart, vous pourriez peut-être raccompagner ma femme ?

Pourquoi pas ? dit-il au mari, mais la panique le prend, il se sent mal : Je vais d'abord m'occuper de ma place, dit-il, et si par Mahler je n'en trouve pas, j'attendrai votre femme ici. Elle ne quittera pas sa place, dit le mari, je vous préviens, il faudra que vous alliez la chercher. Comptez sur moi, dit-il au mari, lequel s'en va sans ajouter un mot, ni merci ni merde, il s'enfuit, sort du théâtre et se mêle aux passants, soluble dans ma pensée.

Quant à moi, lui, notre héros, il se précipite maintenant vers le bureau où se tient la dame inconnue, il est bien temps.

Il s'embarrasse de formules : Je voudrais savoir si comme me l'a laissé entendre l'autre dame votre collègue du matin je ne pourrais pas profiter d'un désistement, je veux dire racheter la place de quelqu'un qui l'aurait revendue au dernier moment pour je ne sais quelle raison, ce qui arrive régulièrement d'après ce que m'a dit l'autre dame votre collègue du matin, dit-il.

Vous avez de la chance, dit la dame, j'ai deux places. Vraiment ? dit-il. Oui oui, dit la dame, laquelle voulez-vous ? ajoute-t-elle en lui présentant le plan qui a l'air d'une vue aérienne, une forêt de cases bleues, toutes marquées d'une croix.

Deux sont entourées, assez éloignées l'une de l'autre, une seule est bien située, au milieu d'un rang, au centre de la salle, mais chère, il demande combien et la dame le lui dit.

Je n'ai pas assez, dit-il, mais je peux vous faire un chèque si vous voulez, tant pis, je me priverai sur le reste, combien vous dites ?, en plus je vais être à découvert, mais peu importe, je suis viré demain, mais non pas demain qu'est-ce que je dis demain, c'est samedi, mais tant mieux, mon chèque ne sera pas remis avant la semaine prochaine, je peux ?

Mais bien sûr, dit la dame, dépêchez-vous.

Il remplit son chèque d'une écriture qu'il ne se connaissait plus depuis les épreuves graphologiques de l'armée, vingt-six ans déjà, classe soixante-trois : Je n'arrive pas à croire qu'autant de temps a passé, se dit-il en écrivant, il s'interrompt : Comment ai-je pu faire pour laisser passer tout ce temps sans m'en rendre compte ?

La dame le regarde, elle attend, la panique le reprend, il se sent mal.

Dans les années cinquante il pensait tout ahuri aux années quatre-vingt, il n'y croyait pas, ce n'était pas pensable, il n'arrivait pas à y penser, il pensait surtout qu'il ne vivrait pas jusque-là, eh bien maintenant ça y est, on y est, se dit-il en écrivant la date, signature.

Il donne son chèque après l'avoir relu au moins trois fois, il le donne à la dame, à l'envers, elle le retourne, elle veut voir de quoi a l'air la signature à l'endroit, l'envers l'avait déjà beaucoup impressionnée, il dit : Voilà, merci, puis se dirige vers le vestibule en chantonnant les premières mesures du second mouvement : Taa, tii, tititata, taaa, tii, titititata.

Il entre dans le vestibule et un homme lui prend son billet, le talon de son billet, seulement le talon, il a eu peur, puis dans la salle, enfin, précédé de l'ouvreuse qui a de belles jambes mais lui ne les regarde pas tant il est ému, ou alors il les regarde machinalement mais sans les voir, en les voyant mais sans les regarder tant il est ému.

Il descend l'allée derrière elle en se tenant droit, il sait qu'il est naturellement voûté, il se redresse dans son costume neuf, sa chemise blanche et son nœud vert, je dis bien, il est retourné au magasin dans la semaine pour changer le nœud rouge et la chemise beige contre la blanche et le nœud vert moyennant un supplément qu'il a payé, il a revu Janine, Lucienne était partie déjeuner.

Il arrive le dernier, le feu aux joues, tout le monde le regarde, ceux qui n'ont rien à se dire ne voient que lui, les couples qui bavardent s'interrompent pour le regarder : Qu'est-ce que j'ai ? se dit-il, qu'est-ce qu'ils ont ? Il a bien envie de les injurier mais se retient.

L'ouvreuse s'arrête à mi-chemin de la scène, se retourne et fait face à la travée médiane, déchire le billet puis le lui tend d'une main et de l'autre lui désigne un fauteuil libre au beau milieu de la travée, il la regarde.

Dans cette position ou attitude elle ressemble à un sergent de ville qui règle la circulation, ou à l'homme de l'aéroport guidant l'avion sur le parking, ou encore à celui qui armé de drapeaux sur le pont d'un porte-avions corrige la manœuvre d'appontage, Da Ponte, c'est de saison, j'en sais des choses, bien que j'eusse préféré des exemples plus poétiques, comme celui du maestro qui du même geste double fait taire les cordes et réveille les bois.

Il veut donner quelque chose à l'ouvreuse, se dit que cela sans doute ne se fait plus et ne lui donne rien, l'ouvreuse marque un temps puis s'éloigne.

Il fait lever la première personne et s'engage dans la travée, fait lever la seconde, puis la troisième, la quatrième se tasse sur le côté : Pardon, pardon, merci, pardon, excusez-moi, oh pardon, je suis désolé, dit-il.

L'avancée est longue, interminable, comme le couloir d'un train bondé, plein de gens debout, et l'odeur des uns, le parfum des autres, l'haleine, l'air outré de celle que l'on serre de trop près, le sourire engageant de la suivante, son décolleté, sa gorge blanche, ce marbre parcouru de veines aussi bleues que les affluents d'une carte muette, d'ailleurs on dit muet comme une carte, puis le gros homme rentre son ventre et tout cela débouche sur une place vide à côté d'une femme aveugle.

Il la reconnaît, la regarde, il reste debout et regarde le visage, il est saisi par la blancheur, la tension des traits, l'apparence de verre des yeux bleus sous la blessure frontale, les épaules nues, le buste étroit emprisonne des formes lourdes, les jambes sont croisées et la canne blanche repose contre la hanche.

Ne me regardez pas comme ça, dit-elle, asseyez-vous.

Il s'asseoit et aussitôt lui adresse la parole, comme on renvoie un compliment, ça commence bien, entre eux, mais parfois il vaut mieux que ça commence mal, ça a des chances de finir bien, quand ça commence bien ça finit toujours mal :

Votre mari n'a donc pas loué sa place ? dit-il. Non, dit-elle, mais de quoi vous mêlez-vous ?

Il respire profondément et inutilement, ce qu'il va dire est parfaitement inutile pour elle, mais parfaitement utile pour lui parce qu'il sait qu'il revient de très loin : J'ai donc racheté la place de quelqu'un qui a renoncé au dernier moment pour je ne sais quelle raison, si vous voyez ce que je veux dire, mais qui s'il n'avait pas renoncé aurait pris la place de votre mari si votre mari avait loué sa place, mais comme votre mari n'a pas loué sa place c'est un autre qui l'a louée, et comme cet autre a renoncé au dernier moment pour je ne sais quelle raison, c'est moi qui l'ai cette place à côté de vous, dit-il.

Si vous voulez, dit-elle.

À présent, silence.

3

Allegro.

C'est le crépuscule. WAM, de retour d'un long voyage, d'une longue vie de travail, trente ans tout de même d'une tâche épuisante, pénètre dans la forêt bleue et se présente devant ses juges, les grands arbres, qui l'accueillent, d'une manière fermement aimable, sèchement affable, une certaine froideur sévère. Ils l'interrogent sur son œuvre : As-tu fait tout ce que tu pouvais ? Tout ce que tu devais ? En es-tu sûr ? Il ne peut pas répondre, il veut dire quelque chose, bien des choses mais ne sait par quoi commencer. Les juges recommencent comme si WAM n'avait rien compris. Il répond après que les juges ont reposé leurs questions, de nouveau mais en les développant comme si WAM n'avait toujours pas compris. Il commence, on dirait qu'il répète ce que disent les juges, puis il ajoute des nuances, des arguments, qui font office de variations et soutiennent son propos. Il essaie de s'expliquer, je ne comprends pas ce qu'il dit mais j'ai cette impression, je l'entends se débattre, il commente, explique, ce qu'il a fait, le justifie. J'aimerais pouvoir traduire la musique mais c'est impossible, je n'arrive pas à mettre la musique en mots, elle va trop vite, ça me désespère. J'essaie quand même, je recommence, ça ne va pas, ça ne marche pas, s'il est possible de mettre des mots en musique l'inverse pour moi n'est pas vrai, la musique ne supporte aucun mot, elle les recrache. J'écoute et j'ai le sentiment d'un dialogue, évidemment, ce n'est pas ce que je veux dire, je parle d'un débat, d'une lutte, d'un combat, enthousiaste le plus souvent, d'un conflit, parfois chancelant, haletant toujours, mais je n'arrive pas à le traduire, ce n'est qu'un sentiment. La musique provoque, évoque surtout des sentiments, mais ce ne sont que des ombres, des âmes perdues dans les limbes de la mémoire, des accents, des inflexions, des voix, mais des voix qui parlent sans rien dire, qui me restituent des intentions, des courages, des volontés, des renoncements, des victoires, des échecs évidemment, ça ne manque pas, des passions, des joies, des douleurs, des cris pourquoi pas ? Tout ce que j'ai éprouvé sans jamais pouvoir le traduire, la musique est trop vague, ou trop précise, je crois que c'est trop précis, autant vouloir mettre en paroles une équation mathématique, c'est pourtant le cas, eh oui, pas d'équation sans paroles, c'est comme ça, une équation c'est ça, c'est même la quintessence de la fiction, comme tout ce qui s'énonce de la vérité, on dit la vérité en parlant d'autre chose, un peu en se taisant. La musique parle en se taisant et moi j'écris mon découragement de ne pouvoir traduire ce qu'elle dit, et elle dit, elle dit, mon sentiment, la somme, la totalité de mes sentiments, elle recouvre, englobe, tout ce que je ressens, comme mutité, aveuglement, impuissance. Ce qui est troublant c'est que les juges paraissent se convaincre du propos de WAM, ils le soutiennent, l'accompagnent, reprennent ses paroles pour les fleurir, les agrémenter de compliments admirables, je ne comprends plus, ils me font espérer une conclusion heureuse et puis boum, ils se contredisent brutalement, dérapent, modulent, tout est à refaire. Mais WAM en fait autant, lui aussi se plaît à répéter ou à reprendre par les ornements d'une politesse raffinée ce que les juges disent, s'amusant à broder sur leurs mots, et puis soudain il se rebelle, se rebiffe, s'époumonne en aigus rageurs ou tranche par un trille d'une témérité qui confine à l'héroïsme, lequel m'a tout l'air d'une insolence désabusée, d'ailleurs les juges ont le dernier mot, comme d'habitude, ils le condamnent, peut-être à mort, sans doute, mais qui ne l'est pas ?

Adagio.

C'est la nuit. WAM s'allonge sur l'herbe de la clairière et contemple la lune, il pense à sa vie, au travail de toute sa vie, à cette lutte incessante avec la beauté qui apparaît là dans ce mouvement comme l'incarnation impitoyable du mépris. Je crains qu'il n'y ait plus rien à espérer. Si je pouvais vous le chanter, si seulement je pouvais chanter, comme tout serait simple si je pouvais chanter ce que j'entends, mais je m'acharne tout comme WAM à traduire l'impossible, il faut croire que l'intelligence que je soupçonne ne peut s'intéresser qu'à l'impossible, je ne soupçonne rien, je parle d'un soupçon de clarté, de lucidité qui colore le thé comme un nuage de lait. D'ailleurs les juges semblent revenus à de meilleurs sentiments, ils n'ont même plus de sentiments, ils se contentent d'accompagner WAM dans sa rêverie. Il y a même parmi eux, au milieu du mouvement, une espèce de flottement qui me donne l'impression que la moitié d'entre eux est partie déjeuner, disons souper puisque c'est la nuit, comme après le concert les smokings blancs et les robes de soirée, ce n'est pas le cas mais c'est tout comme, et le tempo est si lent que WAM a toutes les peines du monde à les faire tenir tranquilles, ceux qui restent, en équilibre, à faire en sorte que toute l'élégie ne soit pas précipitée dans l'entonnoir où tourbillonne l'eau noire de l'abîme. C'est très dur de jouer lent, seuls les plus grands y arrivent, et croyez-moi ceux-là sont grands, il fallait être sacrément gonflé pour jouer cet adagio aussi lentement.

Rondo allegro.

C'est l'aube d'un nouveau jour, le soleil se lève, ruisselle dans la clairière, tout semble s'arranger, enfin admettons que tout s'arrange, bien ou mal tout s'arrange comme disait une vieille dame que j'ai beaucoup aimée, pas tant que ça. WAM se secoue, ses poils de loup, ses plumes d'aigle, non, il recommence à batifoler comme un oiseau, gracieux, léger, les juges le suivent, l'imitent comme ils peuvent, transigent, gravement. Je commence à comprendre qu'ils ne sont pas juges, c'est WAM qui les a fait juges de sa vie, de son œuvre, il a fait d'eux les images de sa complexité, de sa résignation, de son espérance, de ses doutes, ils pleurent quand il pleure, rient quand il rit, grognent quand il grogne et *tutti quanti*. J'admire profondément la façon qu'il a d'ouvrir tout grand le livre à la page du pathétique, il nous laisse à petit feu mijoter dans nos larmes puis prestement la tourne et nous montre l'espace de fer, largement oxygéné où caracole son orgueil, et c'est cela qui fait des romantiques des larves. Mais la question n'est pas là, regardons plutôt la robe noire des faux juges se gonfler par deux fois, d'amples corolles prenant des teintes qui me rappellent mon vœu d'un nouvel arc-en-ciel, et puisque j'en suis là j'irai plus loin, il tombe une pluie chaude, qui d'ailleurs surprend WAM, il regarde les cieux, ralentit son chant, les faux juges l'attendent, et pour finir il accélère, dépasse le tempo initial, accélère encore et tranche le vent, sectionne l'air, du temps, conclut le mouvement comme s'il nous disait : C'est comme ça, voilà.

4

La grande pâleur de son visage tendu mais indifférent aux simagrées de l'orchestre qui se lève et salue derrière son chef qui d'un geste a mis les musiciens debout dans le creux de sa main, elle n'applaudit pas.

Il la regarde encore, puis un rapide coup d'œil circulaire sur l'auditoire comme le pinceau d'un phare sur les ténèbres de la mer, la métaphore ne convient guère, parlons d'une marée noire au début de l'été, l'autorise à penser qu'elle est seule à ne pas applaudir, mais un public aveugle applaudirait-il ?

D'autant plus ? Je n'en sais rien, j'avoue n'avoir jamais été témoin d'un concert donné au bénéfice des aveugles, je parle de la musique, pas de la recette dont on ne sait jamais ce qu'elle devient.

Il attend que cessent les applaudissements qui n'en finissent pas, qui finissent tellement peu que lorsqu'ils finissent on se demande pourquoi ils finissent, la fatigue sans doute, sinon je ne vois pas, la fatigue des bras, on a mal aux bras, les mains brûlent, et il se lève.

Vous sortez ? dit-elle, s'adressant à lui, son visage est tourné vers lui et personne d'autre ne se lève.

Il n'est pas encore déplié, encore en appui sur les accoudoirs : Oui, dit-il, pourquoi ? Voudriez-vous m'accompagner jusque dans le hall ? dit-elle, sa voix est grave et belle, un peu brisée.

La vue de la canne blanche qui repose contre la hanche comme un fleuret le trouble à la façon non d'une jambe artificielle, ce qui n'est pas rien, mais d'une arme qui voit mieux qu'un œil valide et qui dénonçant l'invisible serait capable de se frayer tous les chemins à travers les âmes.

Bien sûr, dit-il, et sans la moindre gêne longuement il la regarde.

Ne me regardez pas comme ça, dit-elle, je vous demande si vous acceptez de me conduire dans le hall, je peux très bien m'y rendre seule, vous savez, mais je veux éviter que n'importe qui se mêle de m'aider.

Je suis n'importe qui, dit-il.

Vous m'accompagnez oui ou non ? dit-elle. Mais oui, dit-il.

Comme il est impossible de marcher côte à côte dans la travée où il est déjà si difficile de se faufiler seul, il se demande s'il doit passer devant elle ou la laisser passer devant lui.

Ils sont au milieu de la travée, elle est à sa droite, si elle souhaite passer devant lui il vaudrait mieux qu'ils sortent de l'autre côté, par la droite, lui souffre déjà beaucoup de cette longue hésitation qui l'accable.

Alors ? dit-elle, nous y allons ? Oui, dit-il. Très bien, dit-elle, ouvrez-moi le passage.

Il commence à avancer, fait lever son voisin de gauche, puis la voisine du voisin, et ainsi de suite : Pardon, pardon, excusez-moi, merci, merci, pardon, oh pardon, je suis désolé, excusez-moi, merci.

Il se retourne sans cesse pour lui tendre la main, s'assurer qu'elle le suit bien, il ne comprend pas qu'elle ne pose pas sa main sur son épaule, et chaque fois il rencontre le visage buté et les yeux vides qui lui passent à travers la tête comme des rayons de mort.

Ils atteignent enfin le bout de la travée, il fait un pas dans l'allée, se retourne et attend la femme aveugle, il ne l'attend pas il l'accueille, il lui tend une main qu'elle ne prendra pas comme une dame qui descend de voiture, ou celle qu'on aide à enjamber le gué dans le cours d'une belle promenade ensoleillée par les prés de Bretagne.

Il l'accueille dans son costume de lin couleur de crème de lait, sa chemise blanche et son nœud vert, l'ensemble lui va bien quoi qu'il en ait, quoi qu'il en pense, il est élégant, même assez beau dans cet accoutrement, la sueur humecte ses cheveux, creuse le visage, et le front prend un tour si tragique, l'éclat si singulier de la peur dans les yeux.

Son corps à elle se meut dans un fourreau léger quasiment du même vert que le papillon posé sur le col blanc, une cicatrice médiane lui barre le front comme un bijou de peau noueuse, sorte de clip violet, serti dans les chairs, inutile de dire qu'ils font à eux deux tout le spectacle de l'entracte.

D'un seul pas vif et nerveux elle s'approche de lui, le heurtant presque, et brutalement lui saisit le bras : À moins que vous ne préfériez l'autre côté, dit-elle. Non non, dit-il, j'aime autant ce côté-là.

Il commence à avancer, lentement, prenant mille précautions : Plus vite ! avancez donc ! dit-elle en l'entraînant puissamment vers l'avant, je ne suis pas infirme ! et elle allonge le pas, il s'efforce de la suivre.

C'est lui qui est infirme au fond, il ne sait pas marcher dans le noir, au lieu de l'aider dans la lumière il essaie de la suivre dans sa nuit, il règle son pas sur le sien, elle lui serre le bras, les pressions de sa main sur son bras le font frémir de bien-être, d'orgueil, de fierté.

Ils remontent l'allée jusqu'au vestibule.

Ils remontent l'allée tapissée de rouge.

La canne blanche se prend au piège des fibres du tapis, la pointe s'accroche, ça l'énerve.

Elle la tient maintenant au-dessus du sol, légèrement pincée entre les doigts d'une main morte, le poignet paraît brisé, l'avant-bras est relevé, la main qui paraît morte, basse et libre tient la canne, la canne semble suspendue à une main sans vie, certains chefs parfois tiennent comme ça leur baguette.

Ils remontent l'allée sous le regard des mélomanes qui attendent Mahler dans l'oubli déjà de Mozart, sauf quelques-uns peut-être, qui ne s'en sont pas remis, qui comme moi ne s'en remettront pas.

Ils entrent dans le vestibule au prix de complications tenant au battement des portes, ça ne fait que commencer, ils rencontreront d'autres portes, d'autres difficultés, mais pas tant que ça au fond, vous allez voir, sortent du vestibule et s'avancent dans le hall.

La dame du bureau qui jusque-là pensait à son fils les regarde : La pauvre femme, dit-elle, le brave garçon, quel beau couple.

Son fils aussi aime la grande musique, c'est déjà remarquable chez un pauvre, mais elle se demande en forme de vœu si ses idées de grandeur le conduiraient à épouser une femme aveugle.

Cela me rappelle un dessin humoristique à la gloire de Ray Charles.

L'enfant est assis au piano, il s'est passé la figure au cirage et porte des lunettes noires, un affreux rictus à la bouche. La mère ahurie lui demande : Mais enfin, qu'est-ce que tu veux faire plus tard ? Pianiste-chanteur-noir-aveugle, répond le petit.

L'humour noir ne touche que les Blancs, il éclabousse aussi les Noirs mais ça ne se voit pas, écrit-il.

La canne blanche frappe le dallage du hall métronomiquement, à un rythme qui s'accorde bien, justement à celui des talons de la femme, un coup de talon pour deux coups de canne.

Quand le talon pointu frappe deux fois les cases noires ou blanches de l'immense échiquier mesurable, la canne blanche a le temps de frapper quatre fois, mais pas n'importe comment, le second coup de talon coïncide avec le troisième coup de canne, deux noires pour une blanche, sauf que la canne blanche tient le rôle des noires et les chaussures vertes celui des blanches.

Ils s'arrêtent au milieu du hall, c'est elle qui a ralenti puis s'est arrêtée, lui a suivi, obéi, elle lui lâche le bras ; il aurait aimé qu'elle garde son bras mais tant pis.

Libre de pivoter il se place devant elle, se rend compte que c'est idiot, reprend sa place : Mon odeur vous convient-elle ? dit-il, je veux dire ne vous gêne pas ? Pourquoi me demandez-vous ça ? dit-elle. Je ne sais pas, dit-il, mais dans votre état. Quoi, dans mon état ? dit-elle. Eh bien, dit-il, je suppose que vous devez être sensible à l'odeur des gens, non ? La voix me suffit, dit-elle. Il n'ose plus parler.

N'osant plus il regarde les cases noires, les cases blanches, pense à sa position sur l'échiquier et se dit qu'il devrait apprendre à jouer aux échecs : Toujours renforcer les points forts, jamais les points faibles, se dit-il avec le sentiment de citer quelqu'un mais qui ?

Je vais attendre ici, dit-elle, vous pouvez me laisser. Mais, dit-il. Il n'y a pas de mais, dit-elle, je vous remercie, n'allez pas manquer Mahler. Je ne suis venu que pour Mozart, dit-il, seulement pour le concerto. Moi aussi, dit-elle. Ah bon ? dit-il, alors heu. Alors quoi ? dit-elle. Rien, dit-il, Mahler se passera de nous, c'est tout. J'en ai peur, dit-elle. Peur ? dit-il. Ah ça suffit ! dit-elle, mon mari doit venir me chercher, vous pouvez partir.

Moi aussi je vais attendre votre mari, dit-il, avec vous, j'ai envie de vous tenir compagnie. Je peux attendre seule, dit-elle, vous savez, j'ai l'habitude. Je sais mais j'aimerais rester encore un peu, dit-il, enfin, si vous le permettez. Je viens

de vous dire de partir, dit-elle, vous êtes sourd ?
Je ne suis pas sourd et je ne partirai pas, dit-il,
pas tant que votre mari ne sera pas là.

Elle frappe le sol de sa canne, avec sa canne,
très violemment, lui s'en émeut, il se retourne, la
dame les regarde, pensant à son fils, elle frappe
encore, et encore, puis semble se calmer, mais
non, elle est en colère :

Pour quoi faire ! hurle-t-elle, pourquoi voudriez-vous me tenir compagnie ! parce que je suis
aveugle ! ça vous amuse ? ça vous intéresse ? ça
vous excite ?

Elle remue la tête avec nervosité, une partie
du chignon se dénoue, une vague de cheveux
blonds se déploie sur la tempe, la cicatrice du
front se gonfle comme une veine sous la pression
du fleuve de sang, un sang souterrain de colère
et de haine.

Calmez-vous, dit-il, je vous en prie, nous pour-
rions bavarder en attendant votre mari. Il ne viendra pas, dit-elle. Mais si, dit-il, allons. Taisez-
vous ! dit-elle, je le sais. Mais non, dit-il, vous
vous trompez. Il me quitte, dit-elle, à l'heure qu'il
est il m'a déjà quittée, il est parti, il en a profité
pour s'en aller, je sais ce que je dis.

Eh bien alors, dit-il, dites-moi pourquoi votre
mari vous quitte. Pour rien, dit-elle. Mais si, dit-
il, dites. Parce que, dit-elle. Parce que quoi ? dit-
il. Parce que je suis comme ça, dit-elle, aveugle.

Il repense au mari et se pose de nouveau la question : Comment fait-on pour quitter une femme aveugle ? et il profite de l'occasion pour la lui poser à elle : Comment peut-on quitter une femme comme vous ?

Elle ne répond pas, il la regarde, elle commence à chanceler, il tend la main, elle se ressaisit.

À grands traits secs et nerveux, comme si elle voulait en finir le plus vite possible, elle lui raconte ce qui lui est arrivé, ça devait arriver, ce qui lui est arrivé et aussi qu'elle le lui raconte, on croit pouvoir y échapper mais non, on vous le raconte, on finit toujours par vous le raconter.

Lui écoute ça : Je rêve, je dois rêver, dites-moi que je rêve, se dit-il, lui qui attendait tout autre chose que cette histoire à dormir debout, cent fois lue dans les romans et dieu sait s'il en lit, un gros par semaine, ou deux moyens, ou trois petits, cent fois vue dans les films adaptés des mêmes romans et dieu sait s'il en voit, un par jour, quand ce n'est pas deux ou trois, une romance si banale, si vulgaire que je ne crois pas utile de la rapporter.

Ils roulent tous les deux en voiture sur une route de Bretagne bordée d'une forêt bleue à la nuit tombante, ils sont en vacances, ils rentrent de promenade, une longue marche à travers prés et bois, elle se souvient de la petite rivière et de son gué.

Elle est assise à côté de lui, il conduit sans faire attention à la route, il regarde les cuisses larges et devine la pince de la jarretelle sous l'étoffe de la robe, il a envie de voir la bande noire du bas nylon, il a envie de toucher la peau blanche issue du contraste fatal, de la main il retrousse la robe, il voit et sa main touche, elle se rebelle et rabat sa robe, mais ce n'est pas à ce moment-là que l'accident se produit, au moment où l'accident se produit il regarde la route, il fait attention à la route, il soigne sa conduite, il repense à son envie et il se dit : Si je recommence à faire l'idiot il va nous arriver quelque chose, un camion surgit, complètement à gauche, en face de lui, énorme, monstrueux, au lieu de l'éviter par la gauche il sort à droite et percute un arbre bleu, la voiture s'écrase, stoppée net, foudroyée comme un fauve en pleine charge, il en sort indemne, elle en sort aveugle à vie.

Si j'ajoute que premièrement ils n'étaient pas mariés au moment de l'accident, ils ne l'étaient pas encore, ils devaient se marier, incessamment, que deuxièmement elle ne voulait plus se marier avec lui après l'accident, que troisièmement lui voulait toujours se marier avec elle, plus que jamais, il tenait à l'épouser pour ne pas l'abandonner, le lâche, le mélodrame est complet.

C'est ma faute, dit-elle, il n'est pas responsable mais c'est plus fort que moi, je me venge sur lui, je le traite comme un chien. Comme un chien d'aveugle ? dit-il. Vous n'êtes pas drôle, dit-elle, pas drôle du tout. J'essaie quand même, dit-il, on ne sait jamais.

Elle lui parle de son mari, de leur vie, de ce qu'elle exige de lui, c'est le mot qu'elle choisit pour désigner ce qui, pas grand-chose au fond.

Entre autres caprices, encore un mot bien excessif, elle lui demandait souvent de la conduire au cinéma, vous avez bien lu.

Elle aime retrouver l'atmosphère ou l'ambiance de la salle, être assise au milieu des gens, les entendre chuchoter, ricaner, s'embrasser, rire, frémir, deviner les larmes, eh oui, quand elle-même les sent prêtes à déborder de ses propres yeux.

J'y pense : Une femme aveugle a-t-elle encore des larmes ?

Mais aussi et surtout ce qu'elle aime, c'est écouter le film, la voix du film, suivre les voix qui parlent, se répondent, s'aiment, se battent, s'injurient, se chassent, se rejoignent, et se laisser porter, emporter par la musique jusque dans des abîmes de désespoir ou de passion, vers des sommets de joie ou de terreur, et même si elle ne voit pas les acteurs, elle les voit quand même, et, à travers eux, sans blague, grâce à leur voix, elle éprouve pleinement ce qu'elle est, qu'elle est en vie, retrouve pleinement ce qu'elle était.

Il n'y a que là au cinéma que les gens se comportent normalement avec elle, on dirait qu'ils sentent qu'ils ont quelque chose de commun avec elle, là, au cinéma, ils sont d'abord surpris de la voir là puis ils comprennent, ils l'oublient, ils ne font plus attention à sa nuit, on rêve sur un pied d'égalité.

La dame les regarde, et, toujours pensant à son fils, elle y pense souvent, elle y pense tellement que le fils à distance sent peser sur lui le poids de la pensée maternelle, elle dit : Si c'est pour se disputer comme ça, j'aime autant qu'il épouse une voyante.

Il fait chaud dans le hall, moins chaud que dans la salle mais il fait chaud, dehors le vent balance les arbres, il fait presque nuit.

Je vais vous raccompagner chez vous, dit-il. Oui, dit-elle, je veux bien. Vous devriez rattacher vos cheveux, dit-il. Vous croyez ? dit-elle. Oh et puis non, dit-il, venez.

Il prend son bras et la conduit jusqu'à la porte, la canne blanche frappe le dallage à petits coups irréguliers en décrivant un arc de cercle comme à la recherche de l'obstacle.

Il ne sait pas s'il doit passer devant elle et tenir la porte, il hésite, pousse la porte, la maintient ouverte, s'efface comme il peut, et il peut, il n'y a pas grand-chose à effacer, puis lui saisissant le coude avec sa main gauche il l'aide à sortir : Attention à la marche, dit-il, mais la canne l'avait déjà prévenue, il la lâche un instant, sort à son tour et laisse la porte se refermer.

Le vent les soulage, l'extérieur, le dehors, l'amplitude, l'énormité du volume d'air mouvant, l'immensité du ciel, la ville les soulage, les accueille comme une présence bénéfique.

Dès qu'elle entend sa voix, dès qu'elle l'entend dire : Hummm, ça fait du bien, elle s'approche de lui d'un pas vif, le heurtant presque, et brutalement saisit son bras : À moins que vous ne préfériez l'autre côté, dit-elle. Non non, dit-il, ça ira très bien, j'aime autant ce côté-là, par où allons-nous ? Par là, dit-elle.

Il commence à marcher lentement, prenant mille précautions, surveillant le sol comme la canne. Elle lui tire sur le bras, l'entraîne puissamment en avant : Avancez donc ! dit-elle, marchez plus vite ! vous pouvez, vous savez, je ne suis pas infirme.

Jamais je ne retrouverai mon émotion, jamais je ne serai capable d'écrire ce que j'ai éprouvé ce soir-là, je crains même que la recherche des mots ne dissolve tout à fait le souvenir que j'en garde, écrit-il.

Ils marchent sur le trottoir, la sensation extrêmement pénible des premiers pas commence à se dissiper, se dissipe, s'évanouit, disparaît, à présent il se sent bien, il se sent meilleur, un bon type, un brave type, un type bien.

Je sais, les histoires d'aveugle courent les rues.

Chacun de nous, au moins une fois dans sa vie, a eu l'occasion de faire traverser un aveugle, certains se sont dérobés, d'autres non, mais rares sont ceux qui ont connu l'immense bonheur de raccompagner chez elle la femme qu'ils ont trouvée loin de chez elle, aveugle et belle.

On se sent meilleur, je l'ai dit, mieux que meilleur, meilleur que meilleur, bien plus, on se sent rendu à soi-même, au meilleur de soi-même, rendu à ce qui serait notre bonté originelle, si tant est qu'à l'origine nous soyons bons, je ne crois pas, disons rendu à ce qui serait notre meilleure bonté, celle qui succède à la haine première du nouveau-né, nouvellement venu au monde, l'impression de renaître, de tout recommencer, le corps vide, le cœur léger, les poumons libres de respirer.

Il se sent tout cela et mieux encore.

Au contraire de ces regards qui percent à jour ce que vous avez de plus mauvais sans pour cela vous en délivrer, en présence d'une aveugle et au bras d'une aveugle, femme qui plus est, vous n'avez plus besoin d'avouer votre mauvais, vous n'avez plus besoin de vous affranchir du mal, vous oubliez le mal et votre oubli est clair, irrémédiable, votre diable a trouvé son remède, vous devenez subitement bon.

Pour quelqu'un qui avait peur de ne pas pouvoir l'écrire, ce n'est pas mal, me dis-je.

Les trottoirs, les caniveaux : Attention au caniveau, dit-il, la retenant par une pression du
bras.

Elle habite dans l'île Saint-Louis, vous savez
cet endroit délicieux qui existe à Paris, où l'on
aime se promener quand le soir vient, où fatalement le moment vient où l'on se dit : Combien
plus heureuse serait cette promenade si cette
femme était avec moi, eh bien elle est là, à votre
bras, elle marche à vos côtés, plus présente que
celle qui vous voit.

Regarder Notre-Dame avec une femme ordi-
naire qui regarde avec vous Notre-Dame, c'est
commencer par là et finir dans la solitude, tandis
qu'avec mon aveugle, c'est par la solitude que ça
commence, une merveilleuse solitude, pleine de
vie et de, d'espérance, plus dense, plus belle que
le mercure, et je ne veux pas savoir comment ni
où cela finit, devant Notre-Dame ou ailleurs.

Ils marchent dans la ville.

Lui ne reconnaît pas sa ville.

Comme cette merveille de concerto qu'il écoute
sans arrêt, qu'il n'entend plus vraiment tant il
fait partie de lui-même, qu'il ne perçoit plus qu'à
l'intérieur de lui-même, comme s'il le jouait
lui-même, comme si lui-même l'avait composé,
comme s'il le dirigeait de la clarinette comme
d'autres dirigent du piano les concertos de piano,
il ne reconnaît pas la ville où il est né, ou plutôt

la reconnaît-il, mais d'une reconnaissance définitive, en forme de connaissance absolue.

Elle est en lui, il est en elle, il n'a plus besoin de la nommer, elle devient réelle, elle est réelle, comme une peinture, une immense fresque de la ville, un vaste composé des rues, des bâtisses, du fleuve, un paysage qui autrement n'aurait pas de sens, déambulerait vaguement dans le regard.

Ce n'est pas clair, peut-être, je m'explique.

Je me trouvais récemment à marcher dans le parc d'un château. J'arrive devant le château à demi encerclé par une forêt bleue, je me retourne pour contempler le paysage et soudain j'ai la sensation que le paysage est réel, je le regarde mieux et lentement naît la conviction qu'il est réel, et j'ai cette conviction parce que ce paysage correspond exactement à une peinture du XVIIIe siècle dont j'ai oublié malheureusement le titre et le peintre.

Est-ce plus clair ? J'en doute.

De même que l'écriture donne un sens à la pensée, de même que la musique donne un sens à la voix, de même la peinture donne un sens à la vision, écrit-il.

On passe des ponts, on suit des quais, on marche sur la Seine : Vous sentez l'odeur de l'eau ? dit-elle, c'est elle qui désigne les choses en passant, elle les reconnaît, elle les nomme, elle sait exactement où elle est.

Attention au caniveau, trottoir, dit-il, la retenant d'une pression du bras, et cette pression lui communique un plaisir qui circule partout dans son corps et s'attarde, puis se dissipe, alors il attend le prochain danger.

Ils marchent tous les deux dans l'île, le long d'une petite rue bordant la Seine, la nuit est là, une lumière de théâtre coule des réverbères, les fenêtres allumées font un décor.

Les ténèbres bleutées du ciel de juin sont d'une absolue splendeur, l'air est très doux, le vent est tiède et chargé de l'odeur des arbres, par une espèce de miracle les feuilles sans paraître changer se libèrent de substances qui embaument.

Ils arrivent devant chez elle, elle s'arrête très précisément devant chez elle, ça aussi c'est un miracle, animal, le premier était végétal.

Nous y sommes, dit-elle. Bien, dit-il, je vais vous laisser. C'est ça, laissez-moi, songe-t-elle : Il n'en est pas question ! dit-elle, vous allez monter avec moi !

Il se demande pourquoi elle crie, pourquoi elle s'énerve, déjà et pour la première fois il pense que son état ne donne pas tous les droits, c'est vrai, quoi, se dit-il, elle pouvait le demander gentiment : J'aimerais que vous montiez avec moi, ou que vous m'aidiez à monter jusque chez moi. Soyez gentil, dit-elle, ne me laissez pas.

Du bout de la canne elle repère l'angle de l'entrée, elle s'avance, presse le bouton qu'elle trouve en tâtonnant et lentement la lourde porte s'ouvre, ils entrent.

La porte cochère à elle seule est une œuvre d'art, la cour intérieure à elle seule est un petit musée, la volée d'escalier est une merveille, l'escalier lugubre et beau, large et superbement évasé, les marches sont usées comme de vieilles faux, et ça monte, il faut monter, quatre étages.

Ils montent, s'élèvent dans la largeur de l'escalier, il monte à côté d'elle, le long du bord intérieur, au bord de la spirale, où se tient la rampe qui glisse, fuit, s'envole comme un rail de foire, la règle étant de percuter l'obstacle qui est en haut.

Il peut monter à côté d'elle et ça l'arrange, il se demandait s'il devait la précéder ou la suivre, et s'il devait la suivre, à quelle distance ? Question galante.

Elle sort du cercle au quatrième palier, se dirige vers la porte et, du bout de sa canne, elle repère l'angle de l'entrée.

Elle passe l'anse de la canne à son poignet et cherche la clé dans son sac, la trouve, puis, avec deux doigts de la main gauche, elle cherche la petite serrure, ronde, la trouve, écarte les doigts comme si elle écartait des lèvres avant d'y introduire la clé, elle ouvre.

L'appartement s'étend dans une vaste pénombre grise et blanche, deux très grandes et hautes fenêtres nues inondent la pièce d'une lumière de nuit pleine des reflets de la Seine qui est là, paressant sous les arbres, dormant peut-être, dans le courant de son lit noir.

Elle suspend sa canne et allume la lumière, pas seulement pour lui, pour elle aussi, pour lui aussi mais surtout pour elle, seule elle eût allumé doublement.

Parlez-moi, dit-elle, que je sache où vous êtes. Il s'est avancé silencieux dans la pièce : Je suis là, dit-il.

Elle dit que son mari a dû lui laisser un message, disons d'adieu, il le fait toujours quand il s'en va, quand il doit inopinément s'en aller, s'absenter. Lui entend ça et se dit qu'il ne voit pas quel message son mari aurait pu lui laisser puisqu'elle ne peut pas lire, un message en braille ?

Elle se dirige droit sur un meuble qui supporte une série d'appareils.

Sur la ligne droite qui la sépare du meuble, à peu près à mi-chemin entre le meuble et elle, il y a une chaise, seule, inutile, utile mais pas là où elle est, elle n'a rien à faire là.

Il dit bien : Attention à la chaise ! mais trop tard, elle la heurte violemment, comme on dit de bon cœur, comme une porte transparente, comme un miroir sans tain.

Le salaud ! dit-elle, il l'a fait exprès.

C'est ce qu'il fait habituellement quand il veut la préparer à une mauvaise nouvelle, ou la punir, ce qui ne vaut guère mieux, la perspective d'une punition se présente toujours comme une mauvaise nouvelle, sauf erreur sur la jouissance.

Elle écarte la chaise, se frotte le genou, c'est la rotule qui a pris, c'est très douloureux, puis elle achève la distance qui la sépare du magnéto-phone.

Elle y est, elle se penche et tâtonne, appuie sur le bouton de mise en marche.

Après un certain silence, de qualité très inquié-tante, quoi qu'on attende du silence, on entend la voix du mari, assez fidèle ma foi : Je te quitte, Jeanne, je m'en vais, je pars, pour toujours, mais j'ai prévenu ta sœur, elle sera là demain matin, elle s'installe ici, elle vient vivre avec toi, voilà, adieu, Jeanne.

Suit un autre silence, qu'elle interrompt en pressant l'autre bouton.

Elle se dirige droit sur le téléphone, le décro-che, compose le numéro avec une précision dé-concertante, puis elle attend : Allô ? Anne ? dit-elle, c'est moi, Jeanne.

Oui, bon, très bien, écoute-moi, dit-elle, je ne veux pas que tu viennes, tu m'entends ? Mais, dit la sœur Anne qui se voyait venir. Il n'y a pas de mais, dit Jeanne, je veux rester seule, je n'ai be-soin de personne.

Lui qui l'observe depuis un moment entend ça et fait non de la tête.

Elle raccroche, se redresse, se cambre, respire à fond, le visage tendu vers le plafond qui est à plus de quatre mètres : On respire mieux, se dit-il en regardant le plafond.

Parlez-moi, dit-elle, que je sache où vous êtes. Je suis là, dit-il. Alors ? dit-elle, et elle s'approche d'un fauteuil, s'y installe confortablement : Venez vous asseoir. Il vient s'asseoir à côté d'elle.

Alors ? redit-elle, qu'avez-vous pensé du concerto ce soir ?

Voilà une question dont il se serait volontiers passé, d'autant plus qu'il s'attendait plutôt à être interrogé sur la situation, sur le mari, sur la réponse faite à la sœur Anne, mais enfin, c'est comme à l'examen, on ne peut pas prévoir : Pas grand-chose, dit-il, je n'ai pas aimé le clarinettiste, il m'a semblé manquer passablement d'esprit, d'éclat. En revanche, ajoute-t-il, sans aller plus loin, il ne va pas plus loin, il s'arrête juste avant la revanche, se méfie des lieux communs.

En revanche ? dit-elle.

Il reprend : En revanche, dit-il, indépendamment, ça commence bien, attendons la suite, ne le jugeons pas sur le début, indépendamment, il recommence, du tempo beaucoup trop lent, ou peut-être grâce à ces tempos, pi, tant pis, trop lents, l'orchestre m'a fait découvrir, et peut-être est-ce là l'intérêt du concert, ça ne s'arrange pas, il répète les lieux communs qu'il entend à la radio, l'intérêt de la musique en vie, vivante, vécue, comme l'expérience du même nom, découvrir des détails de la partition que je n'avais jamais entendus avec mes disques.

Vraiment ? dit-elle, la garce, alors qu'elle pense : Sans blague !

Oui oui, dit-il, mais je n'ai pas retrouvé l'émotion que je cherchais, celle du premier soir, et j'étais venu pour ça, pas uniquement mais tout de même, j'espérais un peu, autant dire que c'est manqué, enfin bref, c'est comme ça.

Il presse un reste de pensée qui traîne encore sur les derniers mots pour ajouter que désormais il se contentera de ses disques.

Elle lui demande quelle version il écoute habituellement chez lui : De préférence ? dit-elle. Toujours la même, dit-il, Robert Marcellus avec George Szell et l'orchestre de Cleveland. Ah tiens, dit-elle, mais vous avez raison, c'est l'une des meilleures. En tout cas c'est la meilleure des trois, dit-il, j'en ai trois, je veux dire j'en possède trois versions. Voulez-vous que nous l'écoutions ? dit-elle.

L'animal à ces mots ne se tient plus de joie : Vous l'avez ? dit-il. Bien sûr que je l'ai, dit-elle. Alors là, dit-il, rien ne saurait, mais il se perd dans la formule, il la simplifie : Avec plaisir !

Elle se lève et se dirige droit sur le meuble qui supporte une série d'appareils, il la suit des yeux, l'accompagne du regard, ça nous changera un peu, voit son corps se mouvoir dans le si léger fourreau vert, il a honte de son regard et il a honte des mots qu'il pense : Je suis quand même un homme, se dit-il.

Il dit bien : Attention à la chaise ! mais trop tard, de nouveau elle heurte violemment la chaise.

Saloperie ! dit-elle, ôtez-moi donc cette chaise de là !

Heureusement c'est l'autre genou qui a pris, la rotule, c'est très douloureux, et très dangereux, pourvu qu'elle ne nous fasse pas un épanchement de synovie, se dit-il.

Il se lève à son tour et va placer la chaise dans un angle mort, où elle ne gênera plus personne, plus personne ne s'y cognera, elle ne fera plus de mal à personne, se dit-il.

Elle achève la distance qui la sépare de l'appareil, se frotte le genou droit : Pourvu que ce ne soit rien, se dit-il : Vous n'avez pas trop mal ? dit-il, et elle répond : Non non, ça va, ça ira, ça ira. Vous êtes sûre ? dit-il, on ne sait jamais avec ces trucs-là, faut faire attention. Puisque je vous dis que ça va, dit-elle.

Elle soulève le couvercle, puis, d'un retrait, d'un mouvement de léger retrait, elle se penche, de côté, se baisse, tend la main vers les disques.

Ils sont rangés sur au moins quatre mètres de long, elle les effleure avec deux doigts qui frôlent la longue succession d'arêtes, et, à un moment donné, sa main s'immobilise et sort le bon, c'est incroyable.

Il se demande : Si quelqu'un en modifiait l'ordre, s'y retrouverait-elle ?

Elle se retourne et dit : Il n'était pas à sa place, quelqu'un y a touché, et cela elle le dit à la manière du papa ours dans l'histoire de Boucles d'or, je ne sais pas si vous connaissez.

Parlez-moi ! dit-elle, que je sache où vous êtes ! répondez-moi quand je vous parle ! Je suis là, dit-il, je peux voir la pochette ?

Elle sort le disque de la pochette, le pose sur le plateau, le place, pas du premier coup, cherchant l'axe, le centre, cherchant à faire coïncider le centre, l'axe, avec le trou, puis elle pose la pochette et s'aidant des doigts de la main gauche, y parvient sans peine.

Elle saisit la pochette et la lui tend, personne ne la prend, où est-il ? se demande-t-elle : Où êtes-vous ? dit-elle.

Il s'est déplacé en silence : Je suis là, dit-il, je suis là.

Elle tend la pochette de l'autre côté, il la prend, la regarde, c'est la même que la sienne : Exactement, dit-il. Exactement quoi ? dit-elle. Exactement la même, dit-il, j'aime beaucoup cette pochette, je la regarde souvent quand j'écoute le concerto.

Elle lui demande ce qu'il y a sur la pochette, elle veut savoir ce qu'elle représente. Je ne sais pas, dit-il, je n'ai jamais su, mais c'est très beau.

Elle lui demande ce que c'est. Une reproduction, dit-il, très belle. J'ai compris, dit-elle, mais une reproduction de quoi ? Je ne sais pas, dit-il. Un paysage ? une nature morte ? un portrait ? dit-elle. Un portrait, dit-il, très beau.

Elle soupire : Un portrait de qui ? dit-elle. Je ne sais pas, dit-il. Un homme ou une femme ? dit-elle. Une femme, dit-il, très belle. Photo ou peinture ? dit-elle. Peinture, dit-il, très belle.

Elle s'impatiente, elle s'énerve, il y a de quoi, cette attente l'agace, l'exaspère, la rend folle : Quelle peinture à la fin ? Je ne sais pas, dit-il, je n'ai jamais su. Regardez sur la pochette, dit-elle, c'est certainement marqué. Justement pas, dit-il, cent fois j'ai essayé de découvrir le titre de l'œuvre et le nom du peintre, je n'ai jamais rien trouvé, je me contente de la regarder sans savoir qui elle est.

Moi pas, dit-elle, je veux savoir, vous m'entendez ? regardez encore sur la pochette, au dos, vous avez regardé au dos ? Bien sûr, dit-il, qu'est-ce que vous croyez ? Je ne crois rien, dit-elle, vous avez mal regardé, c'est sûrement indiqué, regardez encore, regardez bien partout.

Il regarde partout, regarde encore, et encore, ne trouve rien, rien : Non, dit-il. Cherchez encore ! dit-elle, c'est marqué quelque part ! cela doit l'être ! c'est obligatoire !

Il cherche de nouveau : Hélas, dit-il, je suis désolé. Recommencez ! hurle-t-elle, c'est insupportable ! trouvez-la ! ou je vous chasse !

Il pose la pochette et s'en va, se dirige vers la porte.

Parlez-moi, dit-elle, que je sache où vous êtes. Je suis là, dit-il, là. Revenez, dit-elle, reprenez la pochette, je vous en prie, essayez encore, je suis sûre que vous allez trouver.

À présent elle fait tourner le disque, on entend les premières mesures du premier mouvement : Ti, ta, tatititatata.

Il va s'asseoir sous la lampe avec la pochette et l'examine sous toutes les coutures.

La musique l'encourage et à la fois le gêne, le condamne à trouver, mais la beauté est telle qu'il accepte son sort et se convainc que la réponse est là, comme le chapeau de paille dans le feuillage du chêne bleu.

Il la retourne dans tous les sens et finit par découvrir la référence au dos, verticalement, le long du bord, en lettres minuscules, à moitié coupées, amputées par la mauvaise pliure : Je l'ai ! dit-il, ça y est !

Elle vient s'asseoir à côté de lui. Alors ? dit-elle, qu'est-ce que c'est ? Il déchiffre difficilement : Illustration : Tischbein : Terpsichore. (Photo : Archiv für Kunst und Geschichte, Berlin.)

Elle lui demande si cela lui dit quelque chose, il répond : Non, mais peu importe.

Elle lui dit que Tischbein est un peintre allemand du XVIIIe siècle. Il dit : Ah bon ? Quant à elle, dit-elle, c'est une muse. La muse de la musique, pense-t-il. Non, dit-elle, de la danse.

Il a dû penser tout haut, ou alors elle entend sa pensée, c'est possible, il paraît que les aveugles gagnent sur les autres sens ce qu'ils perdent de vue, se dit-il, écoutant la musique, il regarde la muse, de la danse.

Il lui demande si elle connaît cette peinture de Tischbein. Elle répond : Non, et lui demande de lui dire à quoi elle ressemble : Vous dites qu'elle est très belle, vous l'avez assez répété, faites-moi partager sa beauté, dit-elle, dites-moi ce que vous voyez, s'il vous plaît.

Il se frotte le menton, fait du bruit avec sa barbe. Vous êtes mal rasé, dit-elle, vous ne vous êtes pas rasé avant de venir au théâtre ? Non, dit-il, pas depuis ce matin, et il espère qu'elle a oublié mais non : Allez, dit-elle, soyez gentil, dites-moi ce que vous voyez.

Voilà une corvée dont il se serait volontiers passé, d'autant plus qu'il est encore sous le coup

117

de la colère qu'elle vient de lui faire, celle de tout à l'heure, vous vous souvenez ? Il est rancunier, je veux dire un peu rancunier.

Ses yeux ne me laissent pas la regarder en paix, il y a un point blanc dans chaque œil, qui brille dans chaque œil, un reflet qui m'indique qu'une source de lumière est entre nous. Elle me regarde, cependant je ne peux pas dire qu'elle me regarde, elle regarde le peintre, mais je ne puis affirmer qu'elle regarde le peintre, j'ignore si une femme a posé pour le peintre, le peintre peut-être s'est contenté de l'imaginer, satisfait peu à peu de la voir apparaître, naître sous ses yeux, naître de ses propres yeux, peu à peu le peintre a peint des yeux qui le regardent. Pourtant, bien que lui-même ait peint les yeux, le peintre ne peut affirmer que c'est lui que ces yeux regardent, il se plaît à séparer l'homme et le peintre. Alors il se demande si l'homme qu'il est se sent regardé par les yeux du peintre, si le peintre qu'il est ne se regarde pas plus intimement, si le peintre qu'il est ne regarde pas plus fatalement l'homme, plus immanquablement qu'à travers l'abîme de l'autoportrait. Alors il renvoie les sources de son désarroi se mêler aux sources de la lumière, il compose son œuvre comme si rien ne le regardait plus. Cependant il sait que tout le regarde, il sait que le fond du décor le contient, un fond

noir et violet sombre, même s'il y met une forêt
bleue, c'est là qu'il est, c'est là qu'il se tient invisible. Maintenant je le cherche, et si je le cherche, c'est qu'il y est, je ne concevrais pas de le
chercher là s'il ne s'y trouvait pas, et la muse a
tort de vouloir m'en empêcher, de vouloir le cacher, je ne conçois pas qu'il puisse se cacher
derrière elle, mais si lui n'est pas derrière elle,
derrière elle, qu'est-ce qu'il y a ? Il n'y a rien,
rien, qu'un vide silhouetté, dont tout indique
qu'il est en train de s'abandonner au plaisir de
la danse, sans lumière ni regard, mais ce vide
forme un couple unique avec ma tache, nous
y voilà, mon trou d'œil, ma trouée de vision
qui est sa rivale diamétrale. Il a beau se parer
de la beauté du vide, chercher à me leurrer par
une sorte d'équilibre, qui lévite en diagonale et
s'évade comme par hasard en passant par le
degré qui manquerait à l'échelle du temps, je ne
suis pas dupe, ni du diadème dans les cheveux
noirs où s'agitent deux plumes. Une grise, du
même gris que le drapé qui monte le long du
dos, passe par l'épaule, redescend sur le côté puis
couvre le ventre et les jambes, prend fin je ne
sais où mais s'interrompt au bord du cadre. Une
plume rouge, du même rouge que les fleurs de
la guirlande, mais cette guirlande, tendue d'une
main à l'autre, a beau tracer un arc de cercle
exactement parallèle à la tunique couleur chair,

au col de la tunique passant sous le sein nu et qu'une broche rouge, plus rouge qu'un fruit confit dissuade de tomber plus bas, je ne suis pas dupe de ce bel équilibre, il me donne la nausée, et l'ovale parfait du visage ne me cache pas que le sourire faux qui traîne sur les lèvres est le vrai rictus de la tragédie, celle d'une éternité compromise, malade de moi-même.

Vous devriez l'écrire, dit-elle, et elle dit ça comme si elle disait : C'est tout juste bon pour l'écriture, comme si l'écriture était l'abattoir des idées, l'équarrissoir de la pensée, la boucherie des mots, un hachoir à phrases.

Le disque s'est arrêté, elle se lève et se dirige droit sur le meuble où se trouve l'appareil qu'elle éteint.

Lui se lève et se déplace dans la pièce.

Parlez-moi, dit-elle, que je sache où vous êtes.

Je suis là, dit-il, mais s'il continue à se déplacer en silence, sans cesse, elle ne saura pas davantage où il est, il devra lui parler encore : Je vais m'en aller, dit-il, je ne veux pas rater le dernier métro.

Il n'est que minuit, dit-elle.

Il regarde sa montre, il n'est pas exactement minuit mais à cinq minutes près c'est bien minuit qu'il est.

Vous avez le temps, dit-elle, restez encore un moment. C'est que, dit-il, la station est loin d'ici, le temps de la trouver, si je la trouve, je vais sûrement me perdre.

Alors restez, dit-elle.

Elle lui demande d'approcher, il n'a pas envie de partir mais se dit qu'il le doit, l'idiot, il pense que plus il tardera moins il sera capable de partir, comme tous les faibles, et quand je dis faible, je pense lâche.

Il approche, s'arrête, se tient devant elle : Je suis là, dit-il.

Elle lui touche le visage, y applique entièrement les deux mains, un long frissonnement le saisit : Que voyez-vous ? dit-il, qui ? Taisez-vous, dit-elle. Qui voyez-vous ? dit-il, dites-moi.

Il lui touche le visage, y dépose son regard, le regard d'un homme qui se sait invisible, il sait qu'il ne sera jamais aimé de cette femme sans regard, au regard à jamais caché.

Elle quitte son visage, garde l'empreinte comme un masque dont elle le défait, atteint les épaules, un instant s'y repose, puis elle descend le long du buste, du ventre, durci par la peur comme la pierre d'un demi-dieu, ouvre le pantalon neuf, en extrait l'organe génital et le porte.

Un tremblement douloureux le secoue : Que voyez-vous ? dit-il, dites-moi quoi à la fin !! dites-moi ce que vous voyez ! Taisez-vous, dit-elle.

Il abandonne son visage, rejoint la nuque, les épaules, le buste, ouvre la robe, le fourreau vert, en extrait les rondeurs mammaires et les soutient de ses deux mains.

Il voit que l'aveugle parle, remue les lèvres, articule comme une muette, puis enfin l'entend murmurer : Laissez couler votre salive, enduisez mes seins de votre salive et caressez-moi, aspirez-moi, tirez-moi de moi-même, dit-elle, jusqu'à me retrouver en vous.

Elle laisse dans ses mains l'huile blanche se répandre tandis que lui reprend les paroles mêmes : Jusqu'à me retrouver en vous, dit-il, tirez-moi de moi-même...

Voilà, c'est tout. C'est peu, je sais, mais j'ai beau fermer les yeux, je ne vois plus rien, c'est tout blanc, sans doute la couverture, et le chiffre apparaît en bleu : K.622.

CET OUVRAGE A ÉTÉ ACHEVÉ D'IMPRIMER LE
VINGT-NEUF NOVEMBRE DEUX MILLE DIX DANS LES
ATELIERS DE NORMANDIE ROTO IMPRESSION S.A.S.
À LONRAI (61250) (FRANCE)
Nº D'ÉDITEUR : 4906
Nº D'IMPRIMEUR : 102072

Dépôt légal : janvier 2011

Laurent Mauvignier, *Dans la foule*.
Laurent Mauvignier, *Loin d'eux*.
Marie NDiaye, *En famille*.
Marie NDiaye, *Rosie Carpe*.
Marie NDiaye, *La Sorcière*.
Marie NDiaye, *Un temps de saison*.
Christian Oster, *Loin d'Odile*.
Christian Oster, *Mon grand appartement*.
Christian Oster, *Une femme de ménage*.
Robert Pinget, *L'Inquisitoire*.
Jean Rouaud, *Les Champs d'honneur*.
Jean Rouaud, *Des hommes illustres*.
Jean Rouaud, *Pour vos cadeaux*.
Eugène Savitzkaya, *Marin mon cœur*.
Inge Scholl, *La Rose Blanche*.
Claude Simon, *L'Acacia*.
Claude Simon, *Les Géorgiques*.
Claude Simon, *L'Herbe*.
Claude Simon, *La Route des Flandres*.
Claude Simon, *Le Tramway*.
Jean-Philippe Toussaint, *L'Appareil-photo*.
Jean-Philippe Toussaint, *Faire l'amour*.
Jean-Philippe Toussaint, *Fuir*.
Jean-Philippe Toussaint, *La Salle de bain*.
Jean-Philippe Toussaint, *La Télévision*.
Boris Vian, *L'Automne à Pékin*.
Tanguy Viel, *L'Absolue Perfection du crime*.
Tanguy Viel, *Insoupçonnable*.
Antoine Volodine, *Le Port intérieur*.
Elie Wiesel, *La Nuit*.